Norbert Kürlis

Das Geheimnis früherer Leben

Norbert Kürlis

Das Geheimnis früherer Leben

Echo der Seelen

Impressum

© 2025 Norbert Kürlis

Verlag: BoD · Books on Demand GmbH, In de Tarpen 42, 22848 Norderstedt, bod@bod.de

Druck: Libri Plureos GmbH, Friedensallee 273, 22763 Hamburg

ISBN: 978-3-7693-3946-8

Inhalt

Vorwort

Im Lauf der Jahre habe ich in Gesprächen mit Freunden, Bekannten und Weggefährten oft erlebt, wie sich unsere Diskussionen ganz von selbst einem faszinierenden und zugleich rätselhaften Thema zuwandten: dem, was nach dem Tod mit uns geschieht. Es ist eine Frage, die Menschen seit jeher bewegt – unabhängig von Alter, Herkunft oder Weltanschauung.

Diese Gespräche haben mich tief beeindruckt. Jeder hat seine eigenen Vorstellungen, Hoffnungen und manchmal auch Ängste. Während einige fest an Wiedergeburt oder ein Leben nach dem Tod glauben, sehen andere den Tod als endgültigen Abschluss. Doch was, wenn es mehr gibt? Was, wenn unsere Seelen auf Reisen gehen, wenn unser Dasein nach dem körperlichen Ende nicht endet?

Diesen Gedanken nachzuspüren, hat mich inspiriert, Geschichten zu schreiben. Geschichten, die nicht nur Fantasie und

Spekulation sind, sondern auch von den Träumen, Überzeugungen und Erfahrungen der Menschen um mich herum geprägt wurden.

Mit diesem Buch lade ich dich ein, auf eine Reise zu gehen – eine Reise in die Welt der Seelenwanderung. Jede Geschichte ist ein eigenständiges Abenteuer, das sich dem Unbekannten widmet. Sie sollen zum Nachdenken anregen, dich zum Träumen bringen oder vielleicht einfach nur unterhalten.

Ich hoffe, dass du beim Lesen nicht nur Freude findest, sondern auch neue Perspektiven entdeckst. Vielleicht erkennst du sogar eigene Gedanken oder Fragen wieder, die dich schon lange beschäftigen.

In diesem Sinne: Lass uns gemeinsam einen Blick hinter den Schleier werfen.

Herzlich,
Norbert

Einleitung

Habt ihr euch schon einmal gefragt, was passiert, wenn unser Leben zu Ende geht? Wohin geht die Seele, wenn der Körper aufhört zu atmen? Manche sagen, sie fliegt in den Himmel, andere glauben, sie kehrt zur Erde zurück, um etwas Neues zu beginnen.

In diesen Geschichten werdet ihr die spannendsten, lustigsten und geheimnisvollsten Reisen erleben, die Seelen auf ihrer Wanderung unternehmen können. Manchmal landen sie an Orten, die voller Wunder stecken. Manchmal treffen sie auf andere Seelen, die etwas Wichtiges zu sagen haben. Und manchmal müssen sie schwierige Entscheidungen treffen, um herauszufinden, wer sie wirklich sind.

Vielleicht entdeckst du, dass auch in dir eine Seele steckt, die voller Abenteuerlust ist – bereit, die größten Geheimnisse des Lebens zu erforschen.

Bist du bereit für die Reise?

Die Melodie der Vergangenheit

Die Klaviermusik verstummte, und ein sanftes Raunen ging durch die opulente Halle des Grand Hotels "Eternal". Alexander, der neue Barpianist, ließ seine Hände für einen Moment auf den Elfenbeintasten ruhen, bevor er sie sanft schloss. Er hatte die ganze Nacht über gespielt, Melodien, die die Zeit vergessen zu haben schien, und sich dabei von der Atmosphäre des jahrhundertealten Hotels tragen lassen.

„Eine Pause", murmelte er zu sich selbst, erhob sich und ließ seinen Blick durch die hohe Decke und die vergoldeten Leuchter schweifen, die so viel gesehen haben mussten – Kriege, rauschende Feste, verlorene Liebschaften.

An der Bar angekommen, begrüßte ihn der Barkeeper mit einem warmen Lächeln. „Mineralwasser, wie üblich?"

„Ja, danke." Alexander lehnte sich an den Tresen und nahm das Glas entgegen. Während der Barkeeper ihm Platz machte, wandte Alexander seinen Blick zum Barspiegel.

Doch anstelle seines eigenen müden Gesichts sah er plötzlich etwas, das ihm den Atem raubte.

Eine junge Frau, wunderschön, mit dunklen Locken und einem glitzernden Kleid, das an eine vergangene Ära erinnerte, blickte ihm entgegen. Ihr Gesicht war traurig, aber ihre Augen schienen zu lächeln, fast so, als erkenne sie ihn. Alexander fuhr zusammen, das Glas klirrte auf dem Tresen. Er drehte sich hastig um, doch hinter ihm war niemand.

„Alles in Ordnung?" fragte der Barkeeper und trat besorgt näher.

Alexander zeigte mit zitternder Hand auf den Spiegel. „Da... da war jemand. Eine Frau. Sie... sie stand direkt hinter mir, aber jetzt ist sie weg."

Ein leises Lächeln huschte über das Gesicht des Barkeepers, gemischt mit einem Hauch von Resignation. „Ah, es ist wieder passiert."

„Was meinen Sie?" Alexander starrte ihn an, die Verwirrung in seinen Augen unübersehbar.

Der Barkeeper stützte sich auf den Tresen, sein Ton wurde leiser, fast vertraulich. „Jeder neue Pianist sieht sie irgendwann. Sie gehört zu diesem Ort, zu dieser Bar. Ich habe sie nie selbst gesehen, aber die Geschichten – die kenne ich alle. Manche sagen, sie war die Pianistin hier, bevor der Erste Weltkrieg alles veränderte. Ihr Name war angeblich Claire."

„Claire..." Alexander flüsterte den Namen, als würde er ihn schmecken wollen. „Aber warum? Warum zeigt sie sich?"

Der Barkeeper zuckte die Schultern. „Vielleicht kann sie einfach nicht gehen. Vielleicht ist es die Musik, die sie hier hält. Sie soll brillant gewesen sein – die beste Pianistin ihrer Zeit. Man sagt, sie starb jung, an gebrochenem Herzen. Und seitdem... na ja, scheint sie an diesem Ort festzuhängen."

Alexander war still. Er starrte in sein Glas, dann wieder in den Spiegel. Die Frau war fort, aber er spürte, dass sie noch da war.

„Und jetzt? Soll ich weiterspielen?" fragte er schließlich.

Der Barkeeper nickte. „Das solltest du. Vielleicht hört sie zu. Vielleicht ist das alles, was sie braucht – jemanden, der weiterspielt."

Mit einem leichten Schauer kehrte Alexander zum Flügel zurück. Als er die ersten Töne anschlug, klang die Melodie wärmer, voller, fast so, als würde eine unsichtbare Hand ihm den Weg weisen. Und tief in seinem Inneren wusste er: Claire war immer noch da, eine leise Melodie in den alten Mauern des Grand Hotels.

Begegnung mit einer alten Seele

Als Anna in das alte Café trat, verspürte sie ein seltsames Ziehen in ihrer Brust, als würde ein unsichtbarer Faden sie zu einem längst vergessenen Ort führen. Das Café war gemütlich, fast unscheinbar, mit wackeligen Holztischen und verblassten Fotografien an den Wänden. Doch etwas in der Atmosphäre fühlte sich vertraut an, wie ein Traum, den sie nicht recht greifen konnte.

Anna bestellte einen Tee und ließ ihren Blick schweifen. In einer Ecke saß ein alter Mann, der in ein Buch vertieft war. Seine silbernen Haare fielen ihm wirr ins Gesicht, und doch strahlte er eine seltsame Ruhe aus. Als seine Augen plötzlich aufblickten und die ihren trafen, schien die Zeit für einen Moment stillzustehen.

„Setzen Sie sich doch zu mir", sagte er, seine Stimme tief und sanft. Anna, überrascht von seiner direkten Art, zögerte nur kurz, bevor sie sich zu ihm setzte.

„Ich kenne Sie nicht, und doch…", begann er, ohne den Satz zu beenden.

„Ich habe das Gefühl, Sie schon einmal getroffen zu haben", antwortete Anna, bevor sie wusste, warum sie das sagte. Es war absurd, und doch fühlte es sich richtig an.

Der Mann lächelte, und seine Augen funkelten, als würde er eine Geschichte erzählen, die nur er kannte. „Es gibt Begegnungen, die über die Zeit hinausreichen. Manche Seelen sind miteinander verbunden, egal wie oft sie wiedergeboren werden."

Anna spürte eine Gänsehaut über ihren Körper laufen. Sie hatte sich nie mit solchen Themen beschäftigt, aber irgendetwas an seinen Worten berührte sie tief.

„Warum habe ich das Gefühl, dass Sie mich kennen?" fragte sie.

„Vielleicht, weil wir uns kennen", antwortete er leise. „Nicht in diesem Leben, aber in einem früheren. Ich war… ein Lehrer für dich, könnte man sagen. Du warst voller Neugier und Licht, doch dein Weg war nicht leicht."

Seine Worte ließen Erinnerungen aufblitzen, die nicht ihre zu sein schienen: Ein Zimmer voller Bücher, das Knistern eines Feuers, eine Stimme, die sie lehrte, Geduld zu üben. Es war, als würde ein verborgenes Fenster in ihrem Inneren aufgestoßen, und sie konnte für einen Moment etwas sehen, das jenseits ihres Verstandes lag.

„Und jetzt?" fragte sie, ihre Stimme kaum mehr als ein Flüstern.

„Jetzt begegne ich dir, um dich an etwas zu erinnern. Du bist hier, um etwas zu vollenden, das du begonnen hast. Aber nur du kannst wissen, was das ist."

Die Begegnung dauerte vielleicht eine Stunde, vielleicht zwei. Als Anna das Café verließ, fühlte sie sich verändert. Der alte Mann hatte ihr nichts Konkretes gesagt, und doch schien sein Blick, seine Präsenz, eine Tür in ihr geöffnet zu haben.

Von diesem Tag an begann sie, die leisen Zeichen in ihrem Leben wahrzunehmen: eine alte Leidenschaft fürs Schreiben, die sie wieder aufnahm, eine unerklärliche Ruhe, die sie in schwierigen Momenten empfand, und ein neues Vertrauen in den Lauf der Dinge.

Der alte Mann verschwand, als hätte er nie existiert. Doch Anna wusste, dass er ein Teil ihrer Seele berührt hatte, ein Echo aus einer anderen Zeit, das sie daran erinnerte, wer sie war und wohin sie ging. Die Begegnung mit der alten Seele war nicht das Ende, sondern ein Anfang.

Der vertraute Garten

Karen hatte keine Ahnung, warum sie an jenem Nachmittag beschlossen hatte, in die kleine Stadt am Rande der Hügel zu fahren. Es war ein spontaner Einfall gewesen, ausgelöst durch ein Bild in einer Reiseführerbroschüre: ein alter Garten mit einer verwitterten Steinbank, umgeben von einer üppigen, grünen Landschaft. Der Ort hatte etwas an sich, das sie magisch anzog, als würde er sie rufen.

Als sie ankam, umfing sie die Stadt mit einer seltsamen Mischung aus Neuheit und Vertrautheit. Die engen Kopfsteinpflasterstraßen, die Fachwerkhäuser mit den verwitterten Holzfassaden, der Geruch von Lavendel in der Luft – es war, als hätte sie das alles schon einmal erlebt.

Karen folgte den Wegweisern zum Garten, der sich hinter einer kleinen Steinmauer verbarg. Als sie das schwere Eisentor aufstieß und eintrat, überkam sie eine Welle von Emotionen. Vor ihr erstreckte sich eine Oase aus wildem Grün. Rosen rankten an Spalieren, und hohe, alte Bäume warfen schützenden Schatten auf den moosbedeckten Boden. In der Mitte des Gartens stand die Steinbank aus der Broschüre, doch sie wirkte nicht fremd.

Sie ging langsam darauf zu, ihre Finger streiften die Blätter der Büsche, als wollte sie prüfen, ob der Ort wirklich real war. Ein leises Kribbeln lief ihr über die Haut. Als sie die Bank erreichte und sich setzte, fühlte sie ein Ziehen tief in ihrer Brust, so stark, dass ihr für einen Moment die Luft wegblieb.

„Hier war ich schon einmal", flüsterte sie. Doch es war nicht nur eine Vermutung. Es war Gewissheit.

Karen schloss die Augen, und Bilder begannen in ihrem Inneren aufzutauchen. Eine Frau in einem weißen Kleid, die auf derselben Bank saß, mit einem Buch in den Händen. Ein Mann, der ihr etwas zuflüsterte, während er neben ihr stand. Lachen, das zwischen den Bäumen widerhallte. Ein Versprechen, geflüstert wie ein Geheimnis: „Ich werde immer hier sein, wenn du mich brauchst."

Die Bilder waren so klar, dass sie für einen Moment glaubte, sie würde träumen. Doch als sie die Augen wieder öffnete, war der Garten derselbe. Der Mann und die Frau waren verschwunden, doch das Gefühl ihrer Präsenz blieb.

Plötzlich hörte sie Schritte hinter sich. Sie drehte sich um und sah einen älteren Mann, der einen Strohhut trug und sie mit neugierigen Augen betrachtete.

„Seltsam, Sie hier zu sehen", sagte er. „Ich habe Sie noch nie hier gesehen, und doch... Sie erinnern mich an jemanden."

Karen lächelte unsicher. „Ich fühle mich, als würde ich diesen Ort kennen. Es ist, als wäre ich schon einmal hier gewesen."

Der Mann nickte langsam. „Viele sagen das, wenn sie hierherkommen. Aber bei Ihnen... ich weiß nicht. Vielleicht waren Sie wirklich hier, vor langer Zeit."

Sie verbrachten den Nachmittag im Gespräch. Der Mann erzählte Geschichten über den Garten, über die Menschen, die hier gelebt hatten, und über ein Paar, das vor vielen Jahrzehnten an genau diesem Ort zusammengekommen war. Eine Frau mit einem weißen Kleid, ein Mann mit einer leisen Stimme.

Als Karen später den Garten verließ, fühlte sie sich leicht und erfüllt, als hätte sie etwas zurückerhalten, das sie längst verloren geglaubt hatte. Sie wusste nicht, ob die Erinnerungen, die sie erlebt hatte, wirklich aus einem vergangenen Leben stammten, doch das spielte keine Rolle. Der Garten war ein Teil von ihr, und sie von ihm.

Noch viele Jahre später kehrte Karen immer wieder dorthin zurück, jedes Mal mit dem Gefühl, nach Hause zu kommen. Es war ein Ort, der jenseits der Zeit existierte, ein Raum, in dem sich die Gegenwart mit dem Unendlichen vermischte. Und vielleicht, so dachte sie manchmal, war sie nie wirklich fortgegangen.

Die vertraute Stadt

Andreas wusste nicht genau, warum er diese Stadt gewählt hatte. Er war einfach in den Zug gestiegen, ohne groß nachzudenken. Es war eine spontane Entscheidung, geboren aus einer seltsamen Unruhe, die ihn seit Wochen begleitete. Als der Zug in den kleinen Bahnhof einfuhr, fiel sein Blick auf den Namen des Ortes: Ravensholm. Der Name löste ein unerklärliches Echo in ihm aus, als würde er etwas Vertrautes rufen, das er nicht benennen konnte.

Die Stadt war wie aus einem alten Märchen. Enge Gassen schlängelten sich zwischen Häusern aus dunklem Fachwerk hindurch, ihre Fenster mit schweren Holzläden verschlossen. Es regnete leicht, und der nasse Stein der Straßen glänzte matt im grauen Licht des Nachmittags. Doch trotz des Fremden fühlte sich Andreas seltsam zuhause.

Als er die Hauptstraße entlangging, hatte er das Gefühl, dass jede Ecke, jedes Detail ihm bekannt war. Die alte Uhr über dem Café, die Statue eines Mannes mit einem Buch in der Hand auf dem Marktplatz, der Brunnen mit dem steinernen Löwenkopf – alles weckte in ihm Erinnerungen, die nicht seine sein konnten.

Er wandte sich in eine Seitengasse, ohne zu wissen warum, und fand sich vor einem kleinen Laden wieder, dessen Fenster vollgestellt war mit Antiquitäten. Er zögerte kurz, bevor er eintrat. Eine Glocke über der Tür läutete hell, und ein alter Mann mit schneeweißem Haar blickte von einem staubigen Buch auf.

„Kann ich Ihnen helfen?" fragte der Mann, und in seiner Stimme schwang eine merkwürdige Wärme mit, als würde er einen alten Freund begrüßen.

„Ich weiß es nicht genau", sagte Andreas ehrlich. „Ich bin nur... irgendwie hier gelandet."

Der Mann lächelte und deutete auf einen Stuhl. „Setzen Sie sich. Man landet nicht einfach so in Ravensholm. Diese Stadt hat ihre eigenen Wege, Menschen zu sich zu ziehen."

Andreas setzte sich und erzählte von seinem seltsamen Gefühl, dass alles hier so vertraut war, obwohl er sicher war, noch nie zuvor hier gewesen zu sein. Der alte Mann hörte aufmerksam zu, ohne ihn zu unterbrechen.

Als Andreas fertig war, legte der Mann das Buch, das er in der Hand hielt, vor ihn auf den Tisch. Es war ein altes Tagebuch, der Einband aus abgewetztem Leder.

„Lesen Sie", sagte er leise.

Andreas öffnete das Buch und begann zu lesen. Die Schrift war alt, aber klar, und die Worte erzählten von einem Mann, der in Ravensholm gelebt hatte. Je weiter Andreas las, desto stärker wurde das Gefühl, dass diese Geschichten seine eigenen waren. Die beschriebenen Orte, die Gedanken, selbst die Entscheidungen – sie passten seltsam zu ihm.

„Das... das bin ja ich", flüsterte Andreas irgendwann.

Der alte Mann nickte langsam. „Manchmal kehren Seelen an Orte zurück, die ihnen etwas bedeutet haben. Vielleicht, um zu verstehen. Vielleicht, um etwas zu beenden."

Andreas wusste nicht, was er darauf antworten sollte. Er blickte auf das Buch in seinen Händen, als könnte es ihm Antworten geben.

„Was soll ich jetzt tun?" fragte er schließlich.

„Folgen Sie den Spuren", sagte der Mann. „Die Stadt wird Ihnen zeigen, was Sie wissen müssen."

Andreas verließ den Laden mit dem Buch unter dem Arm. Die Gassen wirkten nun noch vertrauter, als würden sie ihn führen. Und während er ging, begann er, sich nicht nur an die Stadt zu erinnern, sondern auch an sich selbst – an ein Leben, das er einst hier gelebt hatte.

Die Laterne am Ende der Gasse

Die Stadt lag in einem Nebel, der alles in weiches Grau tauchte. Die Laternen warfen flackerndes Licht auf den Asphalt, und irgendwo in der Ferne erklang das Echo von Schritten. Emilia zog ihren Mantel enger um sich und ging schneller. Es war spät, und sie war auf dem Heimweg von einer Ausstellung, die sie viel länger festgehalten hatte, als sie geplant hatte.

Als sie in eine schmale, beinahe vergessene Gasse einbog, blieb sie plötzlich stehen. Die Stille war hier anders, dichter. Am Ende der Gasse stand eine alte Laterne, deren Licht seltsam warm wirkte, fast wie eine Einladung. Direkt darunter saß eine Frau auf einer niedrigen Bank, eingehüllt in einen weiten, dunklen Umhang.

„Ein ungewöhnlicher Ort für eine Pause," sagte Emilia vorsichtig, unsicher, warum sie überhaupt etwas sagte.

Die Frau hob den Kopf. Ihr Gesicht war von tiefen Linien durchzogen, und ihre Augen waren so hell, dass sie im Laternenlicht zu glühen schienen. „Manchmal ist es nicht der Ort, der ungewöhnlich ist, sondern die Zeit," antwortete sie mit einer Stimme, die wie ein Flüstern in der Luft schwebte.

Emilia blieb wie angewurzelt stehen. Irgendetwas an dieser Frau wirkte... anders. „Warten Sie auf jemanden?" fragte sie.

Die Frau lächelte, und in ihrem Blick lag ein Wissen, das Emilia nicht greifen konnte. „Ich warte immer. Doch heute bist du gekommen."

„Ich?" Emilia runzelte die Stirn. „Wir kennen uns nicht."

Die Frau schüttelte den Kopf. „Noch nicht. Aber ich kenne dein Herz, Kind. Es trägt eine Last, die du hier hergebracht hast."

Ein Schauer lief Emilia über den Rücken. Wie konnte diese Fremde so etwas wissen? Und doch trafen die Worte sie wie ein Pfeil.

„Ich weiß nicht, wovon Sie reden," sagte Emilia, obwohl sie es sehr wohl wusste.

„Du suchst Antworten," fuhr die Frau fort, ohne auf Emilias Protest einzugehen. „Du fragst dich, warum die Welt dich so schwer trägt. Warum manche gehen und andere bleiben. Warum alles, was du tust, nicht reicht, um den Schmerz zu lindern."

Emilia schluckte hart. Die Erinnerung an ihren Vater, der vor einem Jahr gestorben war, stieg in ihr auf. Die unausgesprochenen Worte, die Schuld, die sie fühlte, weil sie nicht da gewesen war, als er ging.

„Wer sind Sie?" fragte sie schließlich.

Die Frau erhob sich langsam, ihr Umhang wirbelte wie Rauch um sie. „Ich bin niemand und alle. Eine Stimme aus dem Gestern, ein Schatten im Heute. Nenn mich, wie du willst. Aber heute bin ich hier für dich."

„Warum?" Emilias Stimme war kaum mehr als ein Flüstern.

„Weil du jemanden brauchst, der dir sagt, dass du loslassen darfst."

Emilia fühlte, wie die Tränen ihre Wangen hinunterliefen. Die Worte dieser Frau schienen aus einer Tiefe zu kommen, die sie nicht verstand, aber die sie spürte.

„Ich hätte bei ihm sein sollen," sagte sie schließlich, ihre Stimme brach.

Die Frau trat näher, ihre Hand, kalt und doch beruhigend, legte sich auf Emilias Schulter. „Er wusste, dass du ihn liebst. Mehr musste er nicht wissen. Du trägst eine Schuld, die nicht die deine ist. Lass sie hier, bei mir."

Emilia atmete tief ein, und der Nebel schien plötzlich leichter, durchlässiger zu werden.

„Werde ich Sie wiedersehen?" fragte sie.

Die Frau lächelte. „Vielleicht. Aber wenn nicht, weißt du jetzt, wohin du gehen musst, wenn die Last wieder zu schwer wird."

Dann trat sie zurück, und als Emilia blinzelte, war die Frau verschwunden. Die Laterne war erloschen, und die Gasse lag still und leer da.

Doch in Emilias Herzen war ein Funke Licht geblieben, der sie durch die Nacht begleitete – und vielleicht, nur vielleicht, darüber hinaus.

Das steinerne Flüstern

Clara wusste nicht genau, warum sie dieses alte Kloster in Avignon besuchen wollte. Vielleicht lag es an dem Bild, das sie in einem Reiseführer gesehen hatte: das massive Gewölbe, die kunstvollen Steinmetzarbeiten, die wie Geschichten erzählten. Oder war es die Erwähnung eines verborgenen Manuskripts, das im 14. Jahrhundert hier versteckt worden sein sollte? Doch als sie die Schwelle überschritt, war es, als würde eine vertraute Melodie leise in ihrem Inneren erklingen, eine Melodie, die sie weder einordnen noch ignorieren konnte.

Die Luft im Inneren war kühl und roch nach altem Stein und verblasstem Weihrauch. Das Licht der Nachmittagssonne brach durch die hohen Fenster und warf leuchtende Muster auf den Boden. Clara blieb stehen, ihre Finger strichen über die rauen Wände. Plötzlich überkam sie eine Welle von Gefühlen – Sehnsucht, Angst, eine seltsame Mischung aus Verlust und Vertrautheit. Es war, als würde der Raum atmen und die Erinnerungen derer bewahren, die hier gewesen waren.

Ihre Schritte führten sie tiefer in die Halle, wo eine gewaltige Steinsäule emporragte. Als sie den Blick hob, entdeckte sie ein kleines Symbol, in den Stein graviert: ein Kreis, durch den eine Linie verlief. Sie wusste nicht, warum, aber sie kannte dieses Zeichen. Es war, als hätte sie es schon einmal gezeichnet, vielleicht in einer anderen Zeit.

Plötzlich schloss sie die Augen, und Bilder begannen vor ihrem inneren Auge aufzutauchen. Sie sah eine junge Frau in einem schweren Kleid aus burgunderfarbenem Samt, die an genau diesem Ort stand. In ihren Händen hielt sie ein Buch, gebunden in dunklem Leder. Neben ihr ein Mann, dessen Gesicht von einer tiefen Kapuze verdeckt war. Er sprach leise, seine Stimme trug Dringlichkeit in sich. Die Worte waren unverständlich, doch Clara spürte die Bedeutung: Es ging um etwas Verbotenes, etwas, das um jeden Preis bewahrt werden musste.

Die Szene änderte sich. Sie sah, wie die Frau das Buch in einer kleinen Nische versteckte, direkt unter der gravierten Säule. Ihre Hände zitterten, während sie den Stein verschob, um das Versteck zu schließen. Der Mann legte ihr eine Hand auf die Schulter und flüsterte etwas, das wie ein Schwur klang.

Clara öffnete die Augen und rang nach Luft. Die Halle war still, doch die Bilder hatten sich in ihre Seele eingebrannt. Sie berührte die Stelle an der Säule, wo die Frau das Buch versteckt hatte. War es noch da? Oder war es nur eine Einbildung gewesen?

„Alles in Ordnung, Madame?" fragte eine Stimme hinter ihr. Clara fuhr erschrocken herum und sah einen älteren Mann, der sie mit freundlichen Augen ansah. Er trug die Kleidung eines Museumsführers und hielt einen Stapel Prospekte in den Händen.

„Ja, ich... ich dachte nur..." Sie hielt inne. Wie sollte sie erklären, was sie gerade erlebt hatte?

Der Mann nickte, als würde er ihre Gedanken lesen. „Viele Menschen spüren etwas in diesen Mauern. Sie tragen die Geschichten derer, die hier gelebt haben."

Clara wollte etwas sagen, doch die Worte blieben ihr im Hals stecken. Stattdessen fragte sie: „Wissen Sie etwas über ein altes Buch, das hier versteckt worden sein soll?"

Der Mann sah sie einen Moment lang schweigend an, bevor er langsam sprach. „Es gibt eine Legende darüber. Ein Buch voller Wissen, das in Zeiten der Verfolgung verborgen wurde. Aber niemand hat es je gefunden."

Clara nickte nur. Doch in ihrem Inneren wusste sie, dass das Buch existierte. Es wartete. Und vielleicht, dachte sie, wartete es auf sie.

Wiedersehen in Mönchengladbach

Lena liebte es, alte Städte zu erkunden, und an diesem Wochenende hatte sie sich für Mönchengladbach entschieden. Die engen Gassen der Altstadt, die kleinen Cafés und vor allem die imposante Abteikirche hatten sie magisch angezogen. Doch kaum war sie angekommen, hatte sie das Gefühl, dass etwas Unerklärliches in der Luft lag – eine Spannung, die sich in ihrem Inneren spiegelte.

Sie stand vor der Kirche St. Vitus, dem Herzstück der Stadt, und betrachtete die hohen, gotischen Fenster, die das Licht in schimmernden Farben nach innen warfen. Es war, als würden diese Mauern sie rufen. Ohne zu zögern, trat sie ein.

Drinnen umfing sie eine tiefe Stille, durchbrochen nur von einem leisen Murmeln, als eine Handvoll Touristen durch das Kirchenschiff ging. Lena blieb stehen und atmete tief ein. Der Geruch von Weihrauch, altem Holz und Stein war beinahe vertraut.

Sie wusste nicht, warum, aber sie spürte, dass sie diesen Ort kannte, als hätte sie hier etwas Wichtiges erlebt.

Als sie langsam durch die Kirche ging, fiel ihr Blick auf eine Nische an der Seite, in der eine kleine Kerze flackerte. Dort stand ein Mann, den sie nur aus dem Augenwinkel wahrnahm. Etwas an ihm weckte eine seltsame Unruhe in ihr. Seine Haltung, die Art, wie er das Licht betrachtete – es war, als hätte sie ihn schon einmal gesehen. Sie blieb stehen und versuchte, sich zu erinnern, doch die Bilder in ihrem Kopf waren verschwommen.

Plötzlich drehte er sich um. Ihre Blicke trafen sich, und in diesem Moment schien die Zeit stillzustehen. Lenas Herz schlug schneller. Der Mann war etwa in ihrem Alter, mit dunkelbraunem Haar und einem markanten Gesicht. Doch es waren seine Augen, die sie fesselten – tief und voller einer melancholischen Weisheit, die sie sich nicht erklären konnte. Es war, als würde er sie genauso erkennen wie sie ihn.

Er kam langsam auf sie zu. „Entschuldigen Sie," sagte er mit einer warmen, ruhigen

Stimme. „Ich weiß, das klingt vielleicht seltsam, aber... kennen wir uns?"

Lena starrte ihn an, unfähig zu sprechen. Ihre Gedanken rasten. Warum fragte er genau das, was auch in ihr brannte?

„Ich... ich bin mir nicht sicher," antwortete sie schließlich, ihre Stimme leise und unsicher. „Aber es fühlt sich so an."

Ein kleines Lächeln umspielte seine Lippen, und er nickte. „Vielleicht sollten wir einen Moment zusammen sprechen. Manchmal sind Zufälle nicht nur Zufälle."

Sie willigte ein, und gemeinsam verließen sie die Kirche. Sie setzten sich in ein kleines Café in der Nähe, wo die Nachmittagssonne durch die Fenster fiel. Es stellte sich heraus, dass sein Name Markus war, und je länger sie sprachen, desto mehr fühlten sie, dass ihre Begegnung kein Zufall war.

Als sie erzählten, kamen seltsame Erinnerungen an die Oberfläche. Markus sprach von Träumen, die er immer wieder hatte – von einer Frau in einem langen Kleid, die in einer alten Bibliothek arbeitete. Lena erinnerte sich plötzlich an Visionen von einem Mann, der eine schwere Entscheidung treffen musste, während eine brennende Stadt im Hintergrund lag.

„Das klingt verrückt, aber ich glaube, wir haben uns schon einmal gekannt", sagte er schließlich. „Nicht in diesem Leben, aber in einem anderen."

Lena nickte langsam. Es machte keinen Sinn, und doch fühlte es sich so richtig an. Der Nachmittag verging, und als die Dämmerung einsetzte, gingen sie gemeinsam zurück zur Kirche. Dort, in der Stille des alten Gebäudes, fanden sie keine klaren Antworten, aber eine unausgesprochene Verbindung, die sie beide tief berührte.

Vielleicht, dachte Lena, hatten sie etwas begonnen, das vor langer Zeit unterbrochen worden war. Und jetzt, in diesem Leben, hatten sie die Chance, es zu vollenden.

Das Seelentreffen in Meran

Es war eine laue Nacht in Meran, und die alte
Pfarrkirche St. Nikolaus lag still und erhaben
unter dem weiten Sternenhimmel. Ihre hohen
Mauern und der Turm, der sich gegen die
Dunkelheit abzeichnete, schienen Zeugen
von etwas Uraltem zu sein – und in dieser
Nacht sollten sie es erneut sein.

Drei Gestalten schwebten unbemerkt durch
die Gassen, ohne Fußgeräusche, ohne
Schatten. Sie waren wie Nebelschwaden,
durchscheinend und doch deutlich genug, um
wahrgenommen zu werden – falls jemand sie
hätte sehen können. Es waren keine
Menschen mehr, sondern Seelen, frei von den
Begrenzungen der Welt. Ihre Namen hatten
einst Bedeutung gehabt: Anton, Elias und
Maria.

Vor vielen Jahren, noch in ihrer sterblichen
Hülle, hatten sie einen Pakt geschlossen. Sie
waren jung gewesen, voller Ideale und
Geheimnisse, und bei einem gemeinsamen
Ausflug nach Meran hatten sie in einer Laune

– oder vielleicht aus einer Ahnung heraus – beschlossen, dass ihre Seelen sich hier wiederfinden sollten, wenn ihre Leben geendet hatten.

Und nun war die Zeit gekommen.

Anton war der Erste, der eintraf. Seine Gestalt schimmerte leicht, und ein feines Flimmern umgab ihn, als würde er aus Licht bestehen. Er schwebte vor die Kirche, seine Seele noch unruhig, als ob er die Last seines Lebens nicht ganz ablegen konnte.

„Elias? Maria?" Seine Stimme war keine Stimme, sondern eher ein Gedanke, der sich in die Luft ergoss. Die Antwort kam schnell.

Elias erschien, aus der Dunkelheit hervortretend. Seine Form war etwas klarer, die Linien seiner Gestalt scharf, als hätte er mehr von sich bewahrt. „Anton," sagte er, oder dachte er. „Du bist hier. Ich wusste, dass du zuerst kommen würdest. Immer so pünktlich, nicht wahr?"

Anton hätte gelächelt, wenn Seelen solche Regungen zeigen könnten. „Und du bist immer noch der, der zuletzt alles mit Humor sieht. Wo ist Maria?"

Kaum war die Frage ausgesprochen, als sie erschien. Maria war ein Hauch von Eleganz, ihre Gestalt von einer kaum fassbaren Wärme umgeben. Sie schwebte leicht auf die beiden zu, und es schien, als würde die Luft um sie herum flüstern.

„Ihr habt mich erwartet," sagte sie, und ihre Worte trugen einen Anklang von Melancholie. „Es ist so lange her, und doch scheint es, als wäre es gestern gewesen."

Die drei Seelen standen, oder vielmehr schwebten, in einem Kreis vor der Kirche. Ihre Gedanken – Worte, Gefühle, Erinnerungen – begannen, sich miteinander zu verweben. Sie sahen einander nicht nur, sondern spürten die Essenz des anderen.

Anton erinnerte sich an die Nachmittage im kleinen Café in ihrer Heimatstadt, an die langen Gespräche über das Leben und den Tod. Elias sah vor sich das Bild einer warmen Sommernacht, als sie beschlossen hatten, dass ihre Verbindung niemals enden sollte, nicht einmal durch den Tod. Maria spürte die alte Vertrautheit, die Mischung aus Liebe, Freundschaft und etwas, das nie ganz ausgesprochen worden war.

„Und was nun?" fragte Anton schließlich. „Wir sind hier. Aber wofür? War es nur ein Versprechen? Oder wartet etwas auf uns?"

Elias lachte – ein seltsames, lautloses Lachen, das eher wie ein Windhauch wirkte. „Vielleicht wollten wir nur sehen, ob wir unser Wort halten. Es gibt keine Karten für die Reise, die wir jetzt machen."

Maria blickte zur Kirche hinauf. „Vielleicht müssen wir weiterziehen. Aber vielleicht auch nicht. Was, wenn das hier genug ist? Sich zu erinnern, zusammen zu sein?"

Die Stille der Nacht umgab sie, und eine Zeitlang sagte niemand etwas. Dann begannen sie, gemeinsam in die Kirche zu gleiten. Ihre Formen wurden schwächer, ihre Gestalten verschmolzen fast mit den Schatten. Sie trugen keine Antworten in sich, aber sie trugen einander, und das schien genug zu sein.

Die Mauern der Kirche nahmen sie auf, und ihre Flüstern hallten leise zwischen den alten Steinen wider. Ob sie für immer dort bleiben oder weiterziehen würden, konnte niemand sagen. Aber die Kirche in Meran hatte ihr

Versprechen gehalten: Sie hatte drei Seelen zusammengeführt, die niemals wirklich getrennt gewesen waren.

Im Traum begegnet Eva ihrer Mutter

Eva hatte schon immer eine besondere
Verbindung zu ihrer Mutter gehabt, selbst
nach deren Tod. Doch nichts hätte sie auf
den Traum vorbereitet, der sie in einer kühlen
Novembernacht heimsuchte. Es war nicht
wie ein normaler Traum; es war lebendig,
klar, fast greifbar.

Sie sah ihre Mutter, wie sie sie in Erinnerung
hatte: in einem fließenden Kleid, mit warmen
Augen und einem sanften Lächeln. Sie stand
in einem hellen Raum, dessen Wände wie
Licht pulsierte.

„Eva," sagte ihre Mutter mit einer Stimme,
die zugleich liebevoll und drängend klang.
„Du musst zur Kirche. Dort wirst du
verstehen."

Eva wollte nachfragen, welche Kirche sie
meinte, doch bevor sie die Worte finden
konnte, verblasste das Bild. Sie erwachte mit
einem seltsamen Gefühl in der Brust, eine
Mischung aus Unruhe und Vorfreude.

Am nächsten Morgen konnte sie den Traum nicht abschütteln. Der Satz ihrer Mutter hallte in ihrem Kopf wider: „Du musst zur Kirche." Aber welche Kirche? Sie lebte in Rostock, einer Stadt voller historischer Kirchen. Es könnte jede sein. Nach einigem Zögern entschied sie sich für die Marienkirche, ein imposantes gotisches Bauwerk im Herzen der Stadt. Vielleicht, dachte sie, würde sich dort etwas klären.

Als sie die Kirche betrat, umfing sie ein Gefühl von Ehrfurcht. Die hohen Gewölbe, das gedämpfte Licht, die stillen Schatten – es war, als würde der Raum atmen. Eva ging langsam durch das Kirchenschiff, ihre Schritte hallten leise auf dem Steinboden.

Ihr Blick fiel auf die Astronomische Uhr, ein Meisterwerk aus dem 15. Jahrhundert. Sie blieb davor stehen, ohne zu wissen, warum. Die Uhr zeigte nicht nur die Zeit, sondern auch den Lauf der Planeten und den liturgischen Kalender. Ihre Augen wurden von einer Inschrift angezogen, die sie zuvor nie bemerkt hatte: „Die Wahrheit wird sich im Licht offenbaren."

Plötzlich war es, als würde etwas in ihr klicken. Die Worte ihrer Mutter, der Traum – alles ergab einen Sinn. Sie erinnerte sich an ein altes Familiengeheimnis, etwas, das ihre Mutter ihr einst erzählt hatte: Ein kostbarer Brief ihrer Urgroßmutter war in einer der Kirchen Rostocks versteckt worden, um ihn vor Zerstörung im Krieg zu bewahren. Die Marienkirche musste der Ort sein.

Mit klopfendem Herzen wandte sie sich an den Pfarrer, der gerade dabei war, Kerzen am Altar zu entzünden. Sie erzählte ihm von ihrem Traum und von dem, was sie suchte. Der Pfarrer, zunächst skeptisch, führte sie schließlich zu einer alten Truhe, die seit Jahrzehnten im Archiv der Kirche stand.

Gemeinsam öffneten sie die Truhe. Darin lag, zwischen vergilbten Dokumenten, ein Briefumschlag mit der Aufschrift: „Für die, die kommen." Eva nahm den Umschlag mit zitternden Händen und öffnete ihn. Der Brief enthielt eine Botschaft ihrer Vorfahrin, die von Liebe, Hoffnung und der Wichtigkeit sprach, die Familiengeschichte lebendig zu halten. Es war ein Vermächtnis, das von

Generation zu Generation weitergegeben werden sollte.

Tränen liefen ihr über das Gesicht, während sie las. Nun verstand sie, warum ihre Mutter ihr im Traum erschienen war. Es war nicht nur eine Botschaft, sondern ein Auftrag gewesen, etwas Wertvolles zu bewahren und weiterzugeben.

Als sie die Kirche verließ, war ihr Herz leichter. Der Traum hatte sie nicht nur zu einer alten Wahrheit geführt, sondern auch zu einem neuen Verständnis ihrer eigenen Wurzeln.

Erinnerung an Terlan

Heinz war kein Mann, der leicht in Rückblicken schwelgte. Sein Leben war geprägt von Pragmatismus, von klaren Linien und festen Entscheidungen. Doch seit einiger Zeit beschlich ihn ein seltsames Gefühl, ein Ziehen in der Brust, das immer stärker wurde. Es begann mit Träumen – lebhaften, fast greifbaren Bildern von Obstplantagen, von der Sonne, die sich in reifen Äpfeln spiegelte, und vom Duft frischer Erde.

In einem dieser Träume sah er sich selbst, wie er mit einem großen Korb voller Äpfel unter den Bäumen stand. Er trug einfache Kleidung, die er nicht kannte, aber die sich seltsam vertraut anühlte. Neben ihm stand eine Frau, deren Gesicht er nur schemenhaft erkennen konnte. Sie lachte, und der Klang ihrer Stimme war wie eine Melodie, die er vergessen hatte.

Am nächsten Morgen war das Gefühl noch immer da. Er konnte nicht anders, als sich zu fragen, was all das bedeutete. Heinz hatte nie in einem Obstgarten gearbeitet, geschweige denn als Obstbauer gelebt. Sein Leben hatte sich stets in Büros, Konferenzräumen und geschäftigen Städten abgespielt. Doch diese Bilder – diese Erinnerungen – fühlten sich echter an als so vieles, was er in seinem jetzigen Leben erlebt hatte.

Nach Wochen, in denen die Träume immer intensiver wurden, beschloss er, der Sache nachzugehen. Eine Internetrecherche brachte ihn auf die Spur eines Ortes namens Terlan, einem kleinen Dorf in Südtirol, das für seine Obstplantagen bekannt war. Die Bilder, die er von der Gegend fand, ließen sein Herz schneller schlagen. Etwas daran kam ihm so bekannt vor, als hätte er selbst durch diese Landschaften gegangen, als würde sie ihn rufen.

Eines sonnigen Herbsttages packte Heinz seinen Koffer und fuhr nach Terlan. Schon als er das Dorf erreichte, spürte er eine seltsame Vertrautheit. Die sanften Hügel, die Reihen von Apfelbäumen, die kleinen Häuser mit ihren roten Dächern – es war, als wäre er nach Hause gekommen. Er spazierte durch die engen Gassen, seine Schritte von einer unsichtbaren Kraft gelenkt, bis er vor einem alten Hof stand. Der Anblick des verwitterten Holztors löste eine Flut von Gefühlen in ihm aus.

„Hier war ich schon einmal", murmelte er, obwohl sein Verstand ihm sagte, dass das unmöglich war.

Ein alter Mann kam aus dem Haus und betrachtete ihn neugierig. „Kann ich Ihnen helfen?" fragte er mit einem breiten Südtiroler Akzent. Heinz überlegte kurz, dann entschied er sich, ehrlich zu sein.

„Ich weiß nicht genau, warum ich hier bin," begann er. „Aber ich habe das Gefühl, dass ich diesen Ort kenne. Es klingt verrückt, aber... ich glaube, ich war hier einmal, in einem früheren Leben."

Der Alte runzelte die Stirn, doch seine Augen hatten einen Ausdruck von Interesse. „Das ist nicht das Verrückteste, was ich je gehört habe," sagte er schließlich. „Kommen Sie, ich zeige Ihnen etwas."

Er führte Heinz durch das Tor auf den Hof. Die Umgebung war wie aus einem seiner Träume: die große Scheune, die Reihen von Obstbäumen, die Sonne, die durch die Blätter fiel. Der Alte erzählte ihm, dass der Hof einst einem Mann namens Johannes gehört hatte, der vor vielen Jahren gestorben war.

„Johannes war Obstbauer, ein sehr guter. Aber er hatte auch einen Hang zur Nachdenklichkeit, genau wie Sie," sagte der Alte mit einem Schmunzeln. „Man sagt, er hat hier seine besten Jahre verbracht. Vielleicht fühlen Sie deshalb diese Verbindung."

Heinz blieb eine Weile in Terlan. Er half dem Alten auf dem Hof, pflückte Äpfel, grub in der Erde und spürte, wie sich eine tiefe Ruhe in ihm ausbreitete. Ob Johannes wirklich ein früheres Leben von ihm war, würde er nie mit Sicherheit sagen können. Aber in diesen Tagen, umgeben von den Obstbäumen und der Stille von Terlan, fand er etwas, das er lange gesucht hatte: ein Gefühl von Heimat.

Rückkehr des Vergangenen

Lennart war nicht religiös, aber er hatte die Stille gesucht – die Stille der Natur und der Meditation, um den unaufhörlichen Lärm der Welt zu entkommen. Seit Jahren lebte er zurückgezogen in einem kleinen Häuschen am Waldrand, weit weg von der Stadt, die er nie gemocht hatte. Hier fand er Trost in den täglichen Riten des Zen, im Hören des Windes, der durch die Bäume zog, und in den flimmernden Bildern, die seine Gedanken malten.

Doch eines Morgens, als er durch den Wald spazierte, begegnete er ihr zum ersten Mal: einer jungen Frau, die am Waldesrand saß und in einem alten Notizbuch schrieb. Ihre Augen waren wie die eines Menschen, der mehr wusste als er auszusprechen vermochte. Und doch hatte Lennart das Gefühl, sie schon zu kennen.

„Guten Morgen", sagte er vorsichtig.

„Guten Morgen", erwiderte sie mit einem Lächeln, das Lennart tief berührte. Es war ein Lächeln, das er schon oft gesehen hatte, in einem Gesicht, das er längst vergessen geglaubt hatte.

Sie stellte sich als Marlene vor und erklärte, dass sie in das Haus nebenan gezogen sei. Ihre Stimme war ruhig, beinahe melancholisch, als ob sie mit der Zeit in einem Gespräch stand, das längst begonnen hatte.

In den nächsten Tagen trafen sie sich immer wieder am Waldrand, wo sie in der Stille zusammen saßen, oft ohne Worte. Es war eine Verbindung, die über das Offensichtliche hinausging. Lennart spürte, dass er eine Tiefe in ihr fand, die nicht von dieser Welt zu sein schien. Ihre Lachen erinnerte ihn an das seines Großvaters, der in den 60ern gestorben war.

Eines Abends, als sie wieder nebeneinander saßen und die goldenen Strahlen der Sonne den Waldboden erleuchteten, fragte Lennart sie: „Hast du je das Gefühl gehabt, du wärst jemand anderes gewesen?"

Marlene sah ihn einen Moment lang nachdenklich an, dann nickte sie leicht. „Ja, manchmal habe ich das Gefühl, ich habe ein anderes Leben geführt. Ich habe von einem Bauernhof geträumt, einem alten Haus und einem Mann, der oft in einem Garten arbeitete. Er hatte graues Haar und eine ruhige, starke Präsenz. Es fühlt sich an, als wäre ich dort gewesen, als wäre ich dieser Mann."

Lennarts Herz klopfte plötzlich schneller. Die Beschreibung des alten Mannes, des Bauern – es war genau der Mann, den er in seiner Kindheit gekannt hatte: sein Großvater. Eine Welle von Erkennen überkam ihn.

„Was genau hast du geträumt?", fragte er mit einem Hauch von Unglauben in der Stimme.

„Es waren einfache Dinge", sagte sie. „Der Duft von frisch gemähtem Gras, der Klang von Hühnern im Hof und das Gefühl von Erde unter den Fingern. Aber dann... dann kam der Tod. Er hatte sich in plötzlich eingeschlichen, und ich wusste, dass es Zeit war, zu gehen. Doch in einem anderen Moment fühlte ich mich wie ein Kind in den

Armen einer Mutter – alles war friedlich, alles war klar."

Lennart hatte das Gefühl, der Boden unter ihm würde nachgeben. Es war, als ob der Geist seines Großvaters ihn durch diese junge Frau wiedergefunden hatte. Es war mehr als nur ein Gefühl von Vertrautheit – es war eine Erkenntnis, dass diese Seele nun wieder in einer neuen Form lebte.

„Marlene", flüsterte er schließlich, „glaubst du, es ist möglich, dass eine Seele zurückkehrt? Dass sie in einem anderen Körper weiterlebt?"

Marlene sah ihn mit einem leicht verwirrten Blick an, doch ihre Antwort war ohne Zögern: „Ich weiß es nicht, aber ich fühle es. Ich habe das Gefühl, dass ich etwas zu Ende bringen muss – etwas, das ich in diesem Leben nicht getan habe."

In den folgenden Wochen begann Lennart, immer tiefer in seine Meditationen einzutauchen. Er suchte nach Antworten in sich selbst und fand Frieden in der Vorstellung, dass der Tod nicht das Ende war, sondern lediglich ein Übergang.

Marlene und er führten lange Gespräche, bei denen sie immer wieder von den Träumen erzählte, die sie in den letzten Jahren heimgesucht hatten – von einem Leben, das sich mit Lennarts eigenen Erinnerungen verband.

Es war ein langsamer, heilender Prozess, der Lennart schließlich klar werden ließ: Der Tod seines Großvaters war nicht das Ende, sondern der Anfang eines neuen Kapitels. Und vielleicht war es auch der Beginn von etwas, das er nie erwartet hatte: der Rückkehr eines geliebten Menschen in einer anderen Form.

Eines Abends, als der Herbstwind durch den Wald zog und die Sterne über ihnen funkelten, nahm Lennart Marlenes Hand und flüsterte: „Es gibt keinen Abschied. Nur neue Wege."

Vergangene Schritte

Es war ein regnerischer Nachmittag, als ich zum ersten Mal durch die Straßen dieser Stadt wanderte. Ich hatte keinen Plan, keinen bestimmten Grund, hier zu sein – nur den Wunsch, irgendwohin zu gehen, wo mich niemand kannte. Die Luft roch nach nassem Asphalt, und der Regen perlte von den glänzenden Pflastersteinen, die sich wie ein altes Mosaik durch die engen Gassen zogen.

Doch je weiter ich ging, desto seltsamer fühlte ich mich. Die Straßen, die Läden, die alten Laternen, die aus einer anderen Zeit zu stammen schienen – all das weckte ein unerklärliches Gefühl von Vertrautheit. Es war, als hätte ich diese Stadt schon einmal gekannt, obwohl ich mir sicher war, nie zuvor hier gewesen zu sein.

Dann blieb ich abrupt stehen. Vor mir stand ein kleines Café mit einem verblassten Holzschild über der Tür: *Café Aurore*. Das Klirren von Geschirr und gedämpfte

Stimmen drangen nach draußen, als ein Gast die Tür öffnete. Mein Herz schlug schneller. Dieses Café – ich wusste genau, wie es von innen aussah, noch bevor ich einen Schritt hineingesetzt hatte.

Ich zögerte, trat aber schließlich ein. Der Raum war warm und roch nach frisch gebackenem Brot und Kaffee. Eine alte Wanduhr tickte leise, und an der hinteren Wand hing ein Gemälde von einem Fluss, der sich durch eine goldene Landschaft schlängelte. Ich wusste, dass das Bild dort hängen würde.

„Kann ich Ihnen helfen?" fragte die Kellnerin, eine freundliche Frau mit einem weichen Lächeln.

„Nein, ich... ich wollte nur schauen," stammelte ich, aber ich fühlte, dass das nicht die Wahrheit war. Etwas zog mich zu einem bestimmten Tisch in der Ecke, unterhalb der Uhr. Dort setzte ich mich hin, ohne zu überlegen. Meine Hände lagen auf der Tischplatte, die glatt und kühl war. Ich konnte mir vorstellen, hier zu sitzen – aber nicht als ich selbst.

Eine Erinnerung drang plötzlich in mein Bewusstsein. Ich sah mich in diesem Café, doch ich war nicht ich. Ich war ein Mann mit grauen Schläfen und einer schweren, abgetragenen Jacke. Meine Hände waren größer, rauer, und ich hielt eine Zeitung, deren Datum nicht zu meinem heutigen Leben passte. Es war das Jahr 1938.

Ich rieb mir die Schläfen, verwirrt von der Intensität des Bildes. Doch je mehr ich darüber nachdachte, desto klarer wurde alles. Ich erinnerte mich an meinen Namen – *Henri*. Ich war ein einfacher Buchbinder gewesen, hatte hier oft gesessen, um nachzudenken, zu schreiben, und die Menschen zu beobachten, die an mir vorbeigingen.

Das Leben dieses Mannes, meiner früheren Existenz, entfaltete sich in meinem Geist wie die Seiten eines alten Buches. Ich erinnerte mich an den Krieg, der kam und alles veränderte. An die verlorene Liebe, die mich an diesen Tisch gefesselt hatte, wo ich auf eine Rückkehr hoffte, die niemals geschah.

Ein Zittern durchlief mich, als mir klar wurde, dass ich nicht zufällig hierhergekommen war. Diese Stadt, dieses

Café – es war ein Teil von mir. Und obwohl Jahrzehnte vergangen waren, lebte ein Echo meines alten Selbst noch immer in den Mauern dieses Ortes.

Ich blieb lange in der Ecke sitzen, den Blick auf die Uhr gerichtet, die langsam weiter tickte. Die Vergangenheit und die Gegenwart waren ineinander verwoben, wie zwei Flüsse, die sich in einem einzigen Strom vereinten.

Als ich das Café verließ, fühlte ich mich nicht mehr wie ein Fremder. Ich war ein Reisender zwischen zwei Leben, ein Träger von Erinnerungen, die nicht verloren waren, sondern tief in meiner Seele geschlummert hatten, bis ich bereit war, sie wiederzufinden.

Echo der Liebe

Anna und Elias hatten sich auf eine Art kennengelernt, die weder spektakulär noch ungewöhnlich war. Es war ein verregneter Nachmittag in einer kleinen Buchhandlung, als beide zur selben Zeit nach einem zerfledderten Exemplar von Rilkes Gedichten griffen. Ihre Hände berührten sich, sie lächelten sich an, und ein Gespräch begann, das bei einem gemeinsamen Kaffee endete.

Doch von Anfang an war da etwas Merkwürdiges zwischen ihnen – eine Vertrautheit, die über das hinausging, was Fremde füreinander empfinden sollten. Es war, als ob sie die Worte des anderen schon kannten, bevor sie gesprochen wurden. Und während ihre Beziehung wuchs, fühlten sie immer stärker, dass ihre Verbindung außergewöhnlich war.

Eines Abends, während sie zusammen auf dem Sofa saßen und über ihre Kindheit sprachen, geschah etwas Seltsames. Anna erzählte Elias von einem wiederkehrenden

Traum, der sie seit ihrer Jugend verfolgte: „Es ist wie eine Szene aus einem alten Film. Ich sehe mich in einem langen, blauen Kleid auf einem Ball. Es ist irgendwo im 19. Jahrhundert. Ein Mann tanzt mit mir, und ich fühle mich unglaublich glücklich. Aber dann... dann muss er fort. Es ist so, als würde er für immer verschwinden."

Elias, der bis dahin aufmerksam zugehört hatte, erstarrte. „Ich hatte auch so einen Traum", sagte er leise. „Aber aus einer anderen Perspektive. Ich bin ein Offizier in Uniform, und ich tanze mit einer Frau in einem blauen Kleid. Sie ist wunderschön. Aber dann werde ich gerufen – ein Krieg beginnt. Ich verabschiede mich von ihr, und sie weint. Es fühlt sich jedes Mal so echt an."

Ein Schauer lief ihnen beiden über den Rücken. Es war, als ob ihre Träume Puzzleteile einer gemeinsamen Vergangenheit wären.

Von diesem Moment an begannen sie, immer mehr Ähnlichkeiten zu entdecken. Ihre Interessen, ihre Eigenheiten, sogar einige Details aus ihrer Kindheit schienen sich zu überschneiden. Anna liebte einen bestimmten

Walzer, den Elias seltsamerweise schon auf dem Klavier spielen konnte, obwohl er sich nie daran erinnern konnte, ihn gelernt zu haben. Sie beide fühlten eine tiefe Melancholie, wenn sie alte Gemälde aus dem 19. Jahrhundert betrachteten, als würden diese Bilder Erinnerungen wachrufen, die sie nicht einordnen konnten.

Ihre Neugier führte sie schließlich zu einem Therapeuten, der sich auf Rückführungen spezialisiert hatte. Zögerlich willigten sie ein, sich gemeinsam einer Hypnose zu unterziehen. Die Sitzungen brachten Erstaunliches zutage: Beide sahen sich als ein Liebespaar im 19. Jahrhundert, getrennt durch einen Krieg, der ihre Leben zerstört hatte. Anna starb jung an gebrochenem Herzen, während Elias als Soldat fiel, ohne je zurückzukehren.

Doch ihre Liebe hatte den Tod überdauert, wie es schien. Ihre Seelen hatten sich wiedergefunden, in einer anderen Zeit, in einem anderen Leben.

„War das alles Zufall?" fragte Anna eines Abends, als sie zusammen im Bett lagen. „Oder sollten wir uns wiederfinden?"

Elias nahm ihre Hand und drückte sie fest. „Ich glaube nicht an Zufälle, Anna. Es ist, als hätte uns das Universum wieder zusammengeführt, um etwas zu vollenden, das wir damals nicht konnten."

Von da an betrachteten sie ihre Beziehung mit einer neuen Tiefe. Jedes Gespräch, jedes Lachen, jede Berührung war ein Schritt, der sie näher an etwas brachte, das größer war als sie selbst. Und je länger sie zusammen waren, desto mehr schien es, als könnten sie die Gedanken des anderen lesen.

„Ich wollte gerade sagen, dass ich dich liebe," begann Elias eines Abends, während sie im Kerzenschein saßen.

Anna lächelte. „Ich weiß. Ich wollte es auch gerade sagen."

Vielleicht war es Zufall. Vielleicht war es Schicksal. Doch für Anna und Elias spielte es keine Rolle mehr. Sie wussten, dass ihre Liebe unvergänglich war, ein Band, das durch Raum und Zeit bestand.

Anne und die alte Seele

Es war ein kühler Frühlingstag, als Anne zum Grab ihrer Mutter ging. Die Bäume standen in voller Blüte, und der Duft von frischem Gras mischte sich mit der feuchten Erde. Der Friedhof war ruhig, die Vögel zwitscherten, und nur das Rascheln der Blätter in der leichten Brise durchbrach die Stille.

Anne war allein. Sie hatte die Jahre seit dem Tod ihrer Mutter nie wirklich verarbeitet, doch an diesem Tag verspürte sie den Drang, endlich Frieden zu finden. Langsam kniete sie sich neben das Grab und begann, die welken Blumen zu entfernen und frische abzulegen. Die Worte, die sie dabei flüsterte, waren immer dieselben, eine Mischung aus Trauer und Dankbarkeit.

Doch heute war etwas anders.

Ein kühler Hauch strich über ihren Nacken, und sie hörte das sanfte Knirschen von Schritten hinter sich. Sie drehte sich um und erblickte eine alte Frau, die mit langsamen, bedächtigen Schritten auf sie zukam. Ihr

Gesicht war von tiefen Falten durchzogen, doch ihre Augen, die in einem intensiven Blau schimmerten, hatten eine seltsame Wärme, als ob sie etwas kannten, was Anne noch nie verstanden hatte.

„Entschuldigen Sie", sagte Anne und richtete sich verwirrt auf, „ich dachte, ich wäre hier allein."

Die Frau nickte nur und lächelte sanft. „Ich wollte dir nicht zu nahe treten", sagte sie in einer ruhigen, fast melodischen Stimme. „Aber ich kann den Schmerz in deinen Augen sehen. Deine Mutter, sie war eine starke Seele."

Anne starrte die Frau an, ein seltsames Gefühl von Vertrautheit überkam sie. Sie wusste nicht, warum, aber es schien, als habe sie diese Augen schon einmal gesehen. Vielleicht in einem Traum?

„Wie wissen Sie das?" fragte Anne zögernd. „Meine Mutter ist schon lange tot."

Die alte Frau setzte sich langsam auf eine nahe Bank und bat Anne, sich zu ihr zu setzen. „Ich bin nicht hier, um dir Angst zu machen", fuhr sie fort. „Manchmal begegnet man in dieser Welt den Seelen von Menschen, die schon lange gegangen sind. Sie sind nicht wirklich fort, sie leben in uns weiter."

Anne schluckte. „Was meinen Sie?"

„Ich habe deine Mutter gekannt, aber nicht auf die Weise, wie du es vielleicht denkst", sagte die Frau mit einem leichten Lächeln. „Ich bin alt, ja, aber die Jahre haben mir nicht nur viele Geschichten erzählt. Sie haben mir auch die Fähigkeit gegeben, zu sehen, was anderen verborgen bleibt. Du und deine Mutter… ihr habt schon viele Leben miteinander geteilt. Sie war deine Lehrerin, deine Freundin und auch deine Schwester in anderen Zeiten."

Anne blinzelte, und ein kaltes Gefühl kroch ihr den Rücken hinauf. Sie wollte etwas sagen, doch die Worte blieben ihr im Hals stecken.

„Du fragst dich vielleicht, warum du das nicht erinnerst", fuhr die alte Frau fort. „Warum du dich nicht an all die anderen Leben erinnerst, die du mit ihr geteilt hast. Manchmal ist das Gedächtnis der Seele ein

Rätsel. Aber eines ist sicher: Du hast viele Teile von ihr in dir, und du wirst immer zu ihr finden, egal wie viele Leben noch kommen."

Anne fühlte eine seltsame Ruhe in sich aufsteigen, eine Verbindung zu etwas, das jenseits der Worte lag. „Was muss ich tun, um sie zu finden?", fragte sie schließlich. „Wie kann ich die verlorenen Erinnerungen zurückholen?"

Die alte Frau stand auf und legte ihre Hand auf Annes Schulter. „Es gibt keine einfache Antwort, meine Liebe. Aber du wirst es wissen, wenn die Zeit reif ist. Manchmal muss man einfach zuhören und fühlen, was die Seele einem sagt."

Mit diesen Worten drehte sich die Frau um und ging langsam den Weg entlang, der in den Schatten der Bäume führte. Anne wollte etwas rufen, doch als sie sich umdrehte, war die Frau einfach verschwunden.

Sie blieb allein am Grab ihrer Mutter zurück, doch das Gefühl der Leere war verschwunden. Stattdessen fühlte sie sich umarmt von einer Erinnerung, die sie noch nicht vollständig verstand, aber die sie tief in ihrem Inneren spürte. Vielleicht war das, was sie suchte, nicht in der Vergangenheit zu finden. Vielleicht war es in der Verbindung, die sie immer noch zu ihrer Mutter hatte – durch alle Zeiten hindurch.

Langsam legte sie sich die Hände auf die Brust, schloss die Augen und hörte auf die leisen Flüstern ihrer Seele.

Anne und Andreas

Als Anne das letzte Wort aussprach, saß sie neben Andreas auf dem Sofa, die Hände in ihrem Schoß verschränkt, als wollte sie ihre eigenen Gedanken festhalten. Die Worte, die sie gerade mit ihm geteilt hatte, waren schwer in ihrem Kopf. Sie hatten etwas Mystisches, etwas, das nicht recht in die Welt zu passen schien. Und trotzdem wusste sie, dass es wahr war.

„Und das passiert einfach so, bei der Grabpflege? Eine alte Frau, die mir von meiner Mutter erzählt, von Leben, die ich nie gelebt habe?" Andreas sah sie mit einer Mischung aus Besorgnis und Interesse an. „Anne, du weißt, dass du mir alles erzählen kannst, aber... das klingt nach mehr als nur einem merkwürdigen Zufall."

Anne nickte, ihr Blick weit weg, als ob sie noch immer auf dem Friedhof war. „Es war so real, Andreas. Diese Frau, sie kannte Details von meiner Mutter, von uns. Und sie sprach von vergangenen Leben, die ich nicht erinnern kann. Sie sagte, wir hätten schon viele Leben zusammen verbracht."

Andreas legte das Buch, das er gerade las, zur Seite. „Ich kann es mir vorstellen", sagte er nachdenklich. „Es erinnert mich an etwas, das mir vor ein paar Jahren passiert ist. Ich habe es dir nie erzählt, weil ich dachte, du würdest es für Spinnerei halten."

Anne drehte sich zu ihm, überrascht. „Was meinst du?"

„Es war beim Angeln", begann Andreas. „Du weißt, wie gerne ich das mache, diese ruhigen Momente an der See. Ich war allein, auf der Seebrücke, als ich plötzlich das Gefühl hatte, nicht allein zu sein. Zuerst dachte ich, es wäre einfach ein Vogel, der mir zu nahe kam, aber dann hörte ich Stimmen. Keine Stimmen, die laut waren, eher Flüstern, als ob jemand direkt hinter mir stünde."

Anne zog die Augenbrauen zusammen. „Und dann?"

„Ich drehte mich um und sah eine alte Frau. Sie war ganz in Schwarz gekleidet, so wie ich sie mir aus alten Erzählungen vorstellte. Ihre Augen, Anne, diese Augen... sie hatten so viel zu erzählen. Sie blickte mich nicht an, sondern starrte auf die Ostsee, als ob sie dort etwas sah, das ich nicht sehen konnte."

„Und was sagte sie?" fragte Anne, die sich nun ganz dem Gespräch hingab.

„Sie sprach von vergangenen Zeiten. Von den Jahren, als die Ostsee noch jung war, als Menschen an deren Küste noch andere Leben führten. Sie erzählte mir von meinem Großvater, von seiner Jugend, von seinen Reisen – Dinge, die nur er wissen konnte. Sie sagte sogar, dass ich ihm in einem anderen Leben begegnet war, als wir noch in einem anderen Land lebten."

Anne war still und starrte ihn an. „Und was hast du gemacht?"

„Ich weiß nicht", sagte Andreas mit einem Seufzer. „Es war alles so seltsam. Ich wollte sie fragen, wie sie all das wusste, doch bevor ich den Mund aufmachte, war sie einfach verschwunden, als ob der Wind sie fortgetragen hätte. Ich war mir nicht sicher, ob das alles real war oder ob ich mir das nur eingebildet habe. Aber in diesem Moment war es so klar, als ob sie wirklich da gewesen wäre."

Anne griff nach seiner Hand und hielt sie fest. „Vielleicht sind es diese Seelen, die uns miteinander verbinden, Andreas. Diese unsichtbaren Fäden, die uns in den unterschiedlichsten Momenten unseres Lebens begegnen. Vielleicht wollte uns diese Frau heute nur etwas zeigen, uns daran erinnern, dass wir mehr sind als nur das, was wir in diesem Leben sehen."

Andreas sah sie an, und für einen Augenblick herrschte Stille zwischen ihnen. Dann nickte er langsam, als würde er begreifen, was sie meinte. „Vielleicht hast du recht, Anne. Vielleicht ist die Wahrheit größer, als wir uns je vorstellen können."

Anne lächelte schwach. „Vielleicht sind wir ja nicht so alleine, wie wir glauben."

„Vielleicht nicht", sagte Andreas, und er drückte ihre Hand. „Vielleicht sind wir alle nur auf der Suche nach dem, was wir verloren haben."

Und so saßen sie da, Hand in Hand, die Worte der alten Frau und die Erinnerung an eine seltsame Begegnung, die sie beide nicht vergessen konnten, in ihren Herzen. Die Zeit schien stillzustehen, als sie auf das Leben und die Geheimnisse blickten, die jenseits des Sichtbaren lagen.

Die Seele von Opa August

Es war ein stiller Abend, als Norbert das alte Familienhaus betrat, das seit Jahren leer stand. Die Wände schienen die Zeit in sich aufgenommen zu haben, der Duft von längst vergessenen Erinnerungen lag in der Luft. Norbert hatte sich oft gefragt, ob es an diesem Ort etwas Besonderes gab, etwas, das über die materielle Welt hinausging. Heute, an diesem Abend, würde er eine Antwort finden.

Er hatte die ganze Woche über nachgedacht, warum ihn der Drang hierher zog. Der Grund lag tief in seinem Inneren – er wollte mit seinem geliebten Opa August sprechen, einem Mann, der 1965 verstorben war. August war immer eine Quelle der Weisheit für ihn gewesen, und obwohl er wusste, dass sein Opa schon lange nicht mehr unter den Lebenden weilte, spürte er eine starke Verbindung zu ihm. Vielleicht war es die Zeit, in der er den letzten Rat seines Opas empfangen konnte.

Norbert setzte sich in den alten Sessel im Wohnzimmer, der immer nach Tabak und Pfeifenrauch roch, auch wenn der Opa seit Jahrzehnten nicht mehr darin gesessen hatte. Der Sessel war noch genauso, wie er sich erinnerte – abgewetzt, aber bequem. In Gedanken versunken, schloss er die Augen und erinnerte sich an die vielen Stunden, die er als Junge auf dem Schoß seines Opas verbracht hatte, die Geschichten von alten Zeiten und die weise, aber einfache Art, wie er die Welt erklärte.

Da war plötzlich dieses leise, fast unmerkliche Knistern in der Luft, ein Hauch von kalter Luft, der durch das Zimmer zog. Norbert öffnete die Augen und erstarrte.

Vor ihm stand eine Gestalt, die er sofort erkannte. Es war sein Opa August. Doch er war nicht älter, sondern jung, in den besten Jahren seines Lebens – genau der Mann, an den sich Norbert in seiner Kindheit erinnert hatte. Er trug seinen geliebten Wollmantel, und der Ausdruck in seinen Augen war derselbe wie immer: warm, einladend und voller Liebe.

„Opa?" Norbert konnte kaum glauben, was er sah. Seine Stimme war ein Flüstern, doch die Worte fielen wie schweres Blei in den Raum.

„Du hast mich gefunden, mein Junge", sagte die Gestalt mit der vertrauten, beruhigenden Stimme seines Opas. „Ich habe gewartet, dass du bereit bist, mit mir zu sprechen."

Norbert fühlte sich, als würde sein Herz schneller schlagen. „Wie... wie ist das möglich? Du bist doch..."

„Tot?" Unterbrach August sanft. „Ja, das bin ich. Aber du musst wissen, dass der Tod nicht das Ende ist, Norbert. Es gibt noch so viel mehr, was du verstehen kannst, wenn du es zulässt."

Norbert spürte, wie sich ein Knoten in seinem Magen löste. Es war, als würde er sich endlich von all den Zweifeln befreien, die ihn in den letzten Jahren geplagt hatten. „Ich habe dich vermisst, Opa. So sehr. Und ich habe mich gefragt, was mit dir passiert ist, wo du jetzt bist."

August setzte sich auf den alten Stuhl gegenüber von Norbert, und für einen

Moment war es, als ob die Zeit selbst stillstand. „Ich bin immer noch bei dir, Norbert. Ich bin nicht wirklich fort. Die Seele geht weiter, aber sie bleibt auch verbunden. Du spürst mich, weil du bereit bist, uns zu hören, die, die schon gegangen sind."

„Und was soll ich tun?", fragte Norbert, seine Stimme war nun fester, als er die Tiefe der Worte verstand. „Wie finde ich Frieden?"

„Du hast immer in die Zukunft geschaut, in deine Arbeit, in dein Leben. Aber vergiss nicht, dass das Leben auch in den Erinnerungen lebt, die du bewahrst. Ich bin ein Teil von dir, genauso wie du ein Teil von mir bist. Lerne, diese Verbindung zu verstehen. Die Liebe, die wir füreinander hatten, geht nicht verloren. Sie bleibt, durch alle Zeiten hindurch."

August griff nach Norberts Hand, und für einen Moment fühlte sich alles in ihm ruhig und richtig an. „Hör auf dein Herz, mein Junge. Es wird dich immer führen. Du musst nur lernen, zuzuhören."

„Ich habe immer geglaubt, dass du mir ein letztes Mal Ratschläge geben würdest, Opa", flüsterte Norbert und senkte den Kopf. „Aber ich wusste nie, wie sehr du immer noch bei mir bist."

„Ich werde es immer sein", antwortete August mit einem Lächeln, das Norbert an all die warmen Umarmungen erinnerte, die er als Kind erhalten hatte. „Vergiss nie, dass du niemals wirklich alleine bist. Du trägst mich in dir."

Als Norbert die Hand seines Opas in seiner fühlte, begann die Gestalt langsam zu verblassen, als wäre sie mit dem Wind verweht. Doch die Worte seines Opas hallten nach, und in diesem Moment wusste Norbert, dass er nie wirklich von ihm getrennt war.

Er öffnete die Augen, der Raum war wieder leer, doch in seinem Herzen spürte er die Verbindung zu seinem Opa August stärker denn je. Und er wusste, dass er nie aufhören würde, mit ihm zu sprechen – in seinen Erinnerungen, in seinen Träumen und in jeder Entscheidung, die er in seinem Leben traf.

Es war nicht das Ende. Es war nur der Anfang einer neuen Verbindung, die Zeit und Raum überwand.

Anne im Kindergarten

Anne hatte eine unruhige Nacht hinter sich. Immer wieder war sie aufgewacht, bis sie schließlich in einen merkwürdig klaren Traum glitt. Sie saß mit ihrer verstorbenen Großmutter auf einer Holzbank, umgeben von einem strahlenden Garten. Die Luft roch nach frisch gemähtem Gras und blühenden Blumen, doch es war etwas anderes, das sie vollkommen in den Bann zog: die Stimme ihrer Oma.

„Die Seele, meine Kleine," sagte sie mit einem warmen Lächeln, „ist wie ein Vogel, der zwischen den Welten fliegt. Manchmal verweilt sie in einem Garten wie diesem, manchmal zieht es sie weiter. Aber du musst keine Angst haben. Wir alle finden unseren Platz."

Anne wollte etwas sagen, doch ihre Stimme blieb ihr im Hals stecken. Stattdessen beobachtete sie, wie ihre Großmutter sanft ihre Hand auf ihre legte. „Vergiss nicht, dass die Verbindung bleibt. Sie wird dich führen, wenn du sie zulässt."

Plötzlich erwachte Anne. Das Licht der Morgensonne fiel durch die halbgeöffneten Jalousien, doch sie konnte sich die Worte ihrer Oma noch immer genau ins Gedächtnis rufen. Ihr Herz fühlte sich schwer und leicht zugleich an. Es war, als hätte sie einen Blick in eine Welt geworfen, die sie nicht begreifen konnte.

Der Vormittag in der Kita verlief zunächst wie jeder andere. Die Kinder liefen laut lachend durch den Gruppenraum, malten bunte Bilder oder bauten hohe Türme aus Bauklötzen. Anne bemühte sich, ganz im Moment zu sein, doch der Traum ihrer Großmutter schwirrte wie ein flüsternder Wind durch ihre Gedanken.

Als die Kinder nach dem Frühstück an ihren Maltischen saßen, kam die kleine Lena auf sie zu. Sie hielt ein zerknittertes Blatt Papier in der Hand, auf dem ein großes, buntes Herz gemalt war.

„Anne, darf ich dir was erzählen?" fragte Lena mit leiser, aber drängender Stimme.

Anne kniete sich zu ihr hinunter. „Na klar, was gibt's, Lena?"

Das Mädchen sah sich kurz um, als wolle sie sicherstellen, dass niemand lauschte. Dann flüsterte sie: „Ich hab letzte Nacht von einem Garten geträumt. Der war ganz hell, und da war eine alte Frau. Sie hat gesagt, dass die Seele wie ein Vogel ist, der fliegt."

Anne spürte, wie ihr Herz einen Moment aussetzte. Ihre Finger schlossen sich unbewusst um die Tischkante. „Wie sah die Frau aus?" fragte sie zögernd.

„Sie hatte ein buntes Tuch um und so ein ganz warmes Lächeln. Sie hat gesagt, dass alles gut wird."

Annes Kehle war wie zugeschnürt. Das war genau die Beschreibung ihrer Großmutter. Selbst das Tuch passte – es war ein Erbstück, das sie stets getragen hatte. Während Lena wieder zu den anderen Kindern lief, blieb Anne wie erstarrt stehen. Konnte es sein, dass dieser Traum mehr war als nur eine Erinnerung? War es möglich, dass ihre Großmutter nicht nur mit ihr, sondern auch mit Lena gesprochen hatte?

Anne begann in den folgenden Tagen, verstärkt auf die kleinen Zeichen des Alltags zu achten. Sie merkte, dass Lena sich plötzlich für Themen interessierte, die sie vorher nicht einmal wahrgenommen hatte. Sie fragte nach Sternen, nach dem Leben von Schmetterlingen und nach dem Tod – Fragen, die Anne zuweilen schwerfielen zu beantworten.

Eines Nachmittags, als Anne die Kinder in den Garten brachte, setzte sich Lena mit einem selbst gebastelten Papierflieger neben sie. „Anne, glaubst du, dass der Vogel mich auch mal fliegen lässt?" fragte sie unvermittelt.

Anne sah das kleine Mädchen an, das so ernst wirkte, als trüge es eine Weisheit in sich, die nicht zu ihrem Alter passte. „Ich glaube, wir fliegen alle irgendwann," antwortete sie sanft. „Aber bis dahin haben wir noch viel Zeit, die Welt zu entdecken."

Lena nickte. „Vielleicht trifft der Vogel ja auch deine Oma wieder. Sie war nett."

Anne musste schlucken, doch ein Lächeln umspielte ihre Lippen. Sie hatte keine

Antwort auf die Rätsel, die das Leben manchmal bot. Aber sie wusste, dass diese Begegnung mit Lena kein Zufall war. Irgendetwas hatte sie daran erinnert, dass die Verbindung zwischen den Welten bestehen bleibt – durch Träume, durch Worte und durch die unerschütterliche Kraft der Liebe.

In der darauf folgenden Nacht schlief Anne ruhig. Und in ihren Träumen erschien wieder der Garten, das Licht und das leise Flüstern eines Vogels, der durch die Luft schwebte. Vielleicht, dachte sie, war ihre Oma immer noch da, zwischen den Welten, um ihr beizustehen.

Lena

Lena, inzwischen 25 Jahre alt, stand vor dem Kolosseum in Rom. Es war ein warmer Frühlingsabend, und die alten Steine leuchteten im goldenen Licht der untergehenden Sonne. Sie fühlte sich von der Geschichte dieses Ortes tief beeindruckt und spürte die Weite der Zeit, die hier greifbar wurde.Als sie den Platz überquerte, bemerkte sie einen älteren Mann, der in zerlumpter Kleidung am Rand saß. Vor ihm lag ein kleiner Becher, in dem einige Münzen klimperten. Lena blieb stehen und kramte einen Euro aus ihrer Tasche. Sie ließ die Münze in den Becher fallen, und der Mann hob den Kopf. Seine Augen wirkten ungewöhnlich klar, beinahe durchdringend.

„Grazie," sagte er mit leiser Stimme. Dann fügte er hinzu: „Manchmal geben wir etwas Kleines und erhalten etwas Großes zurück."

Lena lächelte höflich und wollte gerade weitergehen, als der Mann plötzlich sagte: „Deine Schwester vermisst dich."

Sie drehte sich erschrocken um. „Meine Schwester?" flüsterte sie. Ihre jüngere Schwester war vor wenigen Monaten gestorben, ein Verlust, den Lena noch nicht verarbeitet hatte.

„Ja," sagte der Mann und sah sie mit einer Ruhe an, die sie fast erschreckte. „Sie wollte, dass du weißt: Es geht ihr gut. Sie ist wie ein Vogel, der frei fliegt, genau wie du es immer für sie wolltest."

Lena spürte, wie ihr Tränen in die Augen stiegen. „Woher wissen Sie das?" fragte sie, doch der Mann antwortete nicht. Stattdessen lächelte er nur, als wüsste er um Geheimnisse, die jenseits des Verständnisses lagen. Als Lena blinzelte, war er verschwunden. Nur der Becher blieb zurück, leer und still wie der Abend um sie herum.

Lena stand lange da, bevor sie schließlich weiterging, das Herz schwer und doch voller Trost. Sie wusste, dass sie ihre Schwester nie wirklich verlieren würde. Manche Verbindungen, dachte sie, sind stärker als der Tod.

Eine Nahtoderfahrung

Markus lag auf dem kühlen OP-Tisch. Das grelle Licht der Lampe über ihm blendete ihn, und die sterile Luft des Raumes füllte seine Lungen. Die Stimmen der Ärzte und das monotone Piepen der Maschinen verschwammen allmählich zu einem dumpfen Rauschen, bis alles verstummte.

Plötzlich war da ein Licht. Es war warm und einladend, strahlte eine solche Intensität aus, dass Markus wie von selbst darauf zuging. Er merkte nicht, wie sein Körper hinter ihm zurückblieb. Vor ihm erstreckte sich ein Tunnel aus Licht, und mit jedem Schritt spürte er, wie Frieden und Geborgenheit ihn umhüllten.

Als er am Ende des Tunnels ankam, weitete sich die Umgebung zu einer weiten, strahlenden Wiese. Das Gras war saftig grün, die Blumen schimmerten in Farben, die er nie zuvor gesehen hatte, und die Luft war klar und rein. Es war, als sei jede Sorge, jeder Schmerz, jede Angst von ihm abgefallen.

Dann sah er sie: Gestalten, die ihm sofort vertraut vorkamen. Seine Eltern standen dort, lächelnd, die Arme einladend ausgestreckt. Sein Vater, den er vor dreißig Jahren verloren hatte, sah so aus, wie Markus ihn in Erinnerung hatte: stark, liebevoll und voller Lebensfreude. Seine Mutter, deren sanfte Umarmung ihm immer Trost gespendet hatte, wirkte so lebendig wie damals, bevor die Krankheit sie gezeichnet hatte.

Neben ihnen erkannte er weitere Gesichter. Seine Großeltern, Onkel, Tanten, sogar einen Schulfreund, der viel zu früh gegangen war. Sie alle strahlten eine Ruhe und Liebe aus, die Markus zutiefst bewegte.

„Markus," sagte sein Vater mit einer Stimme, die so vertraut und beruhigend klang, dass Markus die Tränen kamen. „Du bist noch nicht bereit. Aber wir sind immer bei dir."

Markus wollte sprechen, wollte bleiben, doch er spürte, wie eine unsichtbare Kraft ihn langsam zurückzog. Die Wiese begann zu verblassen, die Gesichter wurden zu schemenhaften Silhouetten, und das Licht wich allmählich der Dunkelheit. Er wollte sich wehren, wollte die Hand seines Vaters greifen, doch es war zu spät.

Mit einem plötzlichen Ruck öffnete Markus die Augen. Das grelle Licht der OP-Lampe blendete ihn erneut, und die Stimmen der Ärzte klangen wieder klar und hektisch. „Wir haben ihn zurück," hörte er eine der Stimmen sagen. Sein Herz schlug wieder, schwer und müde, aber er lebte.

Einige Stunden später lag Markus in seinem Krankenbett. Seine Frau Anna saß an seiner Seite, ihre Augen rot von den Tränen. Sie hatte seine Hand fest umklammert, als wollte sie ihn daran hindern, erneut zu entgleiten.

„Du warst fast weg," flüsterte sie. „Die Ärzte haben gesagt, es war knapp."

Markus drehte langsam den Kopf zu ihr. „Anna," begann er mit schwacher Stimme, „ich muss dir etwas erzählen."

Er berichtete ihr von dem Licht, dem Tunnel und der Wiese. Von seinen Eltern, die ihn empfangen hatten, und von der tiefen Ruhe, die er gespürt hatte. Anna hörte ihm zu, sprachlos und mit weit geöffneten Augen.

„Es war so real, Anna," sagte Markus zum Schluss. „Ich weiß nicht, wie ich es beschreiben soll, aber ich glaube, dass der Tod nicht das Ende ist. Es ist ein Übergang zu etwas Wunderschönem. Und meine Eltern … sie sind da. Sie warten auf mich, wenn es eines Tages soweit ist."

Anna schwieg einen Moment, bevor sie seine Hand noch fester drückte. „Solange du hier bist, Markus, bleibt das alles, was zählt," sagte sie leise. Doch in ihren Augen spiegelte sich eine Mischung aus Erstaunen und Trost, die ihr Herz zu beruhigen schien.

Markus schloss die Augen, erschöpft, aber mit einem Gefühl von Frieden. Die Erinnerung an die Wiese und die Gesichter seiner Ahnen verblasste nicht. Es war eine Wahrheit, die er in sich trug, ein Geheimnis, das er für den Rest seines Lebens bewahren würde.

Die Stimme des Gipfels

Die Sonne stand tief über den Bergen, und das Licht hüllte die schroffen Felsen in einen goldenen Schleier. Jonas schnürte seine Stiefel fester und zog seinen Rucksack über die Schultern. Er war allein unterwegs, auf einem alten Pfad, der fast vergessen schien. Der Einheimische, der ihm den Weg beschrieben hatte, hatte nur gesagt: „Wenn du den Gipfel erreichst, wirst du verstehen."

Verstehen, dachte Jonas. Verstehen, warum er hier war? Warum ihn diese unbestimmte Sehnsucht in die Berge getrieben hatte, weg von der Stadt, dem Lärm, und den immer gleichen Gesichtern?

Nach Stunden des Aufstiegs erreichte er eine kleine Hochebene. Der Wind war schneidend kalt, doch er trug eine seltsame Wärme in sich, wie eine beruhigende Hand auf der Schulter. Am Rand der Ebene, direkt vor einem Felsvorsprung, saß eine alte Frau auf einem flachen Stein. Ihr Haar war schneeweiß, und sie trug ein schlichtes Kleid, das aussah, als hätte es schon Jahrhunderte überdauert.

„Schön, dass du es geschafft hast," sagte sie, ohne aufzusehen. Ihre Stimme war leise, aber sie hallte von den Felsen wider, als würde die Natur selbst ihre Worte wiederholen.

Jonas blieb stehen, verwirrt und ein wenig außer Atem. „Woher wissen Sie, dass ich komme?" fragte er vorsichtig.

Die Frau hob den Kopf, und ihre Augen waren so klar wie Bergseen, unergründlich tief und voller Geschichten. „Ich spüre die, die suchen. Du bist nicht der Erste, der hierherkommt. Aber jeder sucht etwas anderes."

Jonas trat näher, zog die Mütze von seinem Kopf. „Wer sind Sie?"

Sie lächelte. „Das fragst du die Falsche. Die Frage ist: Wer bist du? Und warum bist du hier?"

Er wusste keine Antwort. War es die Flucht vor seinem alten Leben? Die Trauer um Dinge, die er verloren hatte? Oder war es etwas, das er nicht benennen konnte?

„Ich weiß es nicht," gestand er schließlich.

„Gut," sagte die Frau und deutete auf den Felsvorsprung. „Dann bist du bereit zu hören."

„Zu hören?" Jonas trat vorsichtig näher. Unter ihm fiel die Welt in die Tiefe, ein Abgrund aus Schatten und Licht. Die Stille war überwältigend, und doch glaubte er, etwas zu hören – ein Summen, wie eine uralte Melodie, die die Berge selbst zu singen schienen.

„Die Berge erinnern sich an alles," sagte die Frau hinter ihm. „An die Menschen, die sie durchquerten, an die Träume, die hier geboren wurden, und an die, die hier endeten. Manche Seelen verweilen, weil sie nicht loslassen können. Andere bleiben, weil sie bewachen, was war. Was hörst du?"

Jonas lauschte. Die Melodie war stärker jetzt, durchdrang ihn wie ein warmer Wind. Doch plötzlich waren da Worte. Ein Flüstern, leise und eindringlich: *„Du musst loslassen."*

„Loslassen?" wiederholte Jonas laut.

„Nur du weißt, was du festhältst," sagte die Frau, und als er sich umdrehte, war sie verschwunden.

Der Stein, auf dem sie gesessen hatte, war leer, doch darauf lag ein kleiner Gegenstand: eine Kette mit einem Anhänger aus glattem, grünem Stein. Jonas nahm sie vorsichtig auf. Sie fühlte sich warm an, fast lebendig.

Mit der Kette in der Hand setzte er sich an den Rand des Abgrunds. Die Melodie der Berge war noch da, und mit jedem Atemzug spürte er, wie die Last auf seinen Schultern leichter wurde.

Als die Sonne hinter den Gipfeln verschwand, wusste Jonas, dass er nicht mehr derselbe war. Die Berge hatten ihm etwas genommen – oder ihm vielleicht etwas zurückgegeben. Und er war bereit, weiterzugehen.

Das Geheimnis der Großmutter

Peter saß allein in seiner kleinen Stadtwohnung, das Fenster einen Spalt geöffnet, um die laue Sommernacht hereinzulassen. Der Vollmond warf silbernes Licht auf die Zimmerpflanzen und das alte Familienporträt an der Wand. Es war eines der wenigen Dinge, die er von seiner Mutter geerbt hatte: ein Schwarz-Weiß-Foto, auf dem seine Großmutter zu sehen war, jung, mit einer sanften Ausstrahlung und einem Lächeln, das zu sagen schien: *Ich weiß etwas, das du nicht weißt.*

Er hatte das Bild immer faszinierend gefunden, obwohl er sie nie getroffen hatte. Seine Großmutter Helene war gestorben, lange bevor er geboren wurde. Doch heute Nacht schien das Bild lebendiger als sonst.

Peter fuhr mit den Fingern über den Rahmen. „Was für ein Leben hast du wohl geführt?" murmelte er vor sich hin, mehr zu sich selbst als zu irgendjemandem.

„Ein bewegtes Leben," antwortete eine ruhige, warme Stimme hinter ihm.

Peter erstarrte. Langsam drehte er sich um, und sein Herz setzte einen Schlag aus. Da stand sie, seine Großmutter Helene, genau wie auf dem Foto, aber in Fleisch und Blut. Ihre Augen funkelten, und ihr Lächeln war ebenso rätselhaft wie vertraut.

„Wer... wer bist du?" stotterte Peter.

„Ich bin Helene, Peter. Deine Großmutter," sagte sie sanft. „Und ich bin hier, weil es Zeit ist, dass du etwas erfährst."

Sein Verstand kämpfte, das zu begreifen, was vor ihm stand, doch ein Teil von ihm wusste, dass es wahr war. „Wie ist das möglich? Du bist doch... tot."

Helene nickte. „Das bin ich. Aber manchmal gibt es Dinge, die nicht gesagt werden können, solange wir leben. Und manches Wissen sucht den richtigen Moment, um geteilt zu werden."

„Ein Geheimnis?" fragte Peter, immer noch unsicher, ob er träumte oder wach war.

„Ja," sagte sie. „Ein Geheimnis, das unsere Familie betrifft und das ich dir anvertrauen muss."

Sie trat näher, setzte sich auf die alte Couch und winkte ihm zu, Platz zu nehmen. Peter gehorchte, seine Augen klebten an ihrem Gesicht, das so vertraut und doch fremd war.

„Peter, in unserer Familie gibt es eine Tradition, die sich über Generationen erstreckt. Wir haben alle etwas geerbt – eine Gabe, wenn man so will. Sie ist nicht offensichtlich, und sie zeigt sich oft erst, wenn der richtige Moment gekommen ist. Aber du trägst sie in dir, wie ich und meine Mutter vor mir."

Peter runzelte die Stirn. „Eine Gabe? Was für eine Gabe?"

Helene lächelte. „Die Fähigkeit, die Wahrheit in Menschen zu sehen. Ihre verborgensten Gedanken, ihre Geheimnisse. Es ist kein Fluch, sondern ein Geschenk, wenn du lernst, es richtig zu nutzen."

Peter schüttelte den Kopf. „Ich... ich kann so etwas nicht."

„Noch nicht," sagte Helene. „Aber du hast es schon gespürt, nicht wahr? Diese Momente, in denen du einfach weißt, dass jemand lügt. Oder wenn du den Schmerz eines Fremden spüren kannst, ohne dass er ein Wort sagt."

Peter dachte nach. Tatsächlich gab es solche Momente, doch er hatte sie immer als Zufälle abgetan. „Aber warum ich? Warum jetzt?"

Helene sah ihn liebevoll an. „Weil die Welt Menschen braucht, die zuhören und verstehen. Du wirst selbst entscheiden, wie du diese Gabe nutzt. Aber du musst sie annehmen, um sie zu verstehen."

Peter wollte etwas sagen, doch Helene hob die Hand. „Ich habe nicht mehr viel Zeit. Aber eines musst du wissen: Die Wahrheit kann schwer sein, Peter. Doch sie zu kennen und sie mit Bedacht zu nutzen, ist das größte Geschenk, das du jemandem machen kannst."

Ihr Bild begann zu verblassen, als hätte ein unsichtbarer Wind sie fortgeweht. „Warte!" rief Peter. „Ich habe noch so viele Fragen!"

„Du wirst die Antworten finden, mein Junge," flüsterte ihre Stimme, die jetzt aus weiter Ferne kam. „Hör auf dein Herz. Und vertrau dir selbst."

Als sie verschwunden war, blieb Peter allein zurück. Doch etwas hatte sich verändert. Er blickte zum Familienporträt, und zum ersten Mal erkannte er das Lächeln seiner Großmutter als Einladung: *Finde deinen Weg.*

Die Gabe schlummerte in ihm, und Peter wusste, dass sein Leben von nun an nicht mehr dasselbe sein würde.

Am Ende des Tunnels

Joseph liebte seine täglichen Spaziergänge durch die Stadt. Er hatte es sich zur Gewohnheit gemacht, den Kopf freizubekommen und seinen Gedanken nachzuhängen. Es war ein milder Herbstabend, die Blätter raschelten unter seinen Schritten, und die Straßenlaternen

warfen sanftes Licht auf den Gehweg. Doch dann geschah es.

Ein plötzlicher Schmerz durchzuckte seine Brust. Er blieb stehen, seine Hand suchte Halt an einer Laterne, doch die Welt begann sich zu drehen. Alles wurde schwarz.

Als er die Augen öffnete, war er nicht mehr in der Stadt. Vor ihm erstreckte sich ein langer, strahlender Tunnel, an dessen Ende ein warmes, einladendes Licht leuchtete. Joseph fühlte keine Angst, sondern eine tiefe Ruhe, wie er sie nie zuvor empfunden hatte.

Im Licht erkannte er vage Gestalten, die ihm vertraut vorkamen. Als er näher trat, sah er sie deutlich: seinen Großvater Karl mit seiner Schiebermütze, seine Großmutter Lotte mit ihrem unverwechselbaren Lächeln und sogar seinen Onkel Heinrich, der immer Geschichten aus längst vergangenen Tagen erzählt hatte.

„Joseph," sagte Karl mit einer Stimme, die wie ein fernes Echo klang. „Du bist viel zu früh hier."

„Was... was meint ihr?" stammelte Joseph.

Lotte trat einen Schritt vor und legte ihm die Hand auf die Schulter. „Deine Zeit ist noch nicht gekommen, mein Junge. Du hast noch so viel vor dir."

Joseph war verwirrt. „Aber... ich bin doch hier, bei euch. Warum sollte ich zurückgehen?"

Heinrich lachte leise. „Weil du da draußen gebraucht wirst. Das Leben ist ein Geschenk, Joseph. Ein Geschenk, das man nicht leichtfertig wegwirft."

Bevor er etwas erwidern konnte, spürte Joseph, wie eine unsichtbare Kraft ihn zurückzog, weg vom Licht, weg von seinen Ahnen. Ihre Gesichter verblassten, aber er hörte noch die Stimme seines Großvaters: „Nutz deine Zeit, Joseph. Lebe sie weise."

Mit einem Ruck kam Joseph zurück in die Realität. Seine Augen öffneten sich, und das erste, was er sah, waren fremde Gesichter, die sich über ihn beugten.

„Er atmet wieder!" rief eine Frau erleichtert.

Joseph spürte, wie jemand seine Hand hielt. Ein Mann, der wohl einer der Passanten war, sah ihn mitfühlend an. „Du hattest einen Herzstillstand. Wir haben dich reanimiert. Du bist zurück."

Zurück. Das Wort hallte in Josephs Kopf wider. Er erinnerte sich an den Tunnel, das Licht, die Gesichter seiner Ahnen. Sie hatten ihn zurückgeschickt.

„Danke," murmelte er schwach, obwohl er nicht sicher war, ob er den Passanten oder seinen Ahnen dankte.

In den Tagen und Wochen danach begann Joseph, sein Leben gründlich zu überdenken. Er kündigte seinen stressigen Job, der ihn immer weiter von sich selbst entfernt hatte. Er nahm wieder Kontakt zu alten Freunden auf, machte Frieden mit Menschen, mit denen er im Streit lag, und begann, bewusst im Moment zu leben.

Er erzählte niemandem von seiner Erfahrung, aber in stillen Momenten schaute er oft in den Himmel und flüsterte: „Danke, dass ihr mich zurückgeschickt habt."

Die Erinnerung an seine Ahnen blieb lebendig in ihm, und jedes Mal, wenn er die Hand auf seine Brust legte, spürte er nicht nur seinen eigenen Herzschlag, sondern auch die leise Mahnung: *Lebe dein Leben, als wäre es das größte Geschenk.*

Die Urgroßmutter

Es war ein ruhiger Sonntagmorgen, und die Familie saß gemeinsam am Frühstückstisch. Die Sonne fiel durch die Gardinen, und der Duft von frischen Brötchen und Kaffee erfüllte die Küche. Gesine, die fünfjährige Tochter der Familie, saß auf ihrem Platz und schob ein Marmeladenbrot über ihren Teller. Ihre blonden Locken fielen ihr ins Gesicht, während sie konzentriert kaute.

Plötzlich legte sie das Brot hin, sah auf und sagte mit einer kindlichen Selbstverständlichkeit: „Ich hab letzte Nacht mit Urgroßmutter gesprochen."

Die Gespräche verstummten, und alle am Tisch sahen sie überrascht an.

„Mit Urgroßmutter?" fragte ihre Mutter Hannah, die ihren Kaffee beinahe verschüttete. „Du meinst meine Oma?"

Gesine nickte eifrig. „Ja, mit der Frau vom Bild im Wohnzimmer. Sie hat mich besucht, als ich geschlafen habe."

Hannah war sprachlos. Das Foto ihrer Großmutter Marta hing tatsächlich im Wohnzimmer, aber Gesine hatte nie großes Interesse daran gezeigt. Und über Marta hatten sie schon lange nicht mehr gesprochen.

„Und was hat sie gesagt?" fragte schließlich Gesines Vater Daniel mit einem schiefen Lächeln, als wolle er die Spannung auflockern.

Gesine beugte sich vor und flüsterte, als wäre es ein Geheimnis: „Sie hat gesagt, dass ich keine Angst im Dunkeln haben muss. Und dass sie früher immer ein kleines Licht im Fenster stehen hatte, wenn sie sich gefürchtet hat."

Hannah ließ die Gabel fallen. „Das... das kann sie nicht wissen," murmelte sie und sah Daniel mit großen Augen an.

„Warum nicht?" fragte Daniel, unsicher, ob er das Ganze ernst nehmen sollte.

Hannah schluckte. „Das mit dem Licht... das hat mir meine Großmutter erzählt, als ich ein Kind war. Wenn sie nachts Angst hatte, hat sie eine kleine Öllampe ins Fenster gestellt. Aber davon habe ich Gesine nie erzählt."

„Sie hat auch gesagt, dass sie immer Kamillentee getrunken hat, wenn sie Bauchweh hatte," fügte Gesine hinzu und nahm einen Bissen von ihrem Brot.

Hannah legte eine Hand auf ihren Mund. Ihre Großmutter hatte sie als Kind genau so getröstet – mit Kamillentee.

„Gesine," sagte Hannah nach einem Moment, ihre Stimme zitterte leicht. „Hat sie dir noch etwas gesagt?"

Das Mädchen nickte und lächelte. „Sie hat gesagt, dass sie mich liebt, auch wenn sie mich nie gesehen hat. Und dass sie immer auf mich aufpasst."

Hannah fühlte, wie Tränen in ihre Augen stiegen. Sie nahm Gesine in die Arme und hielt sie fest.

Daniel räusperte sich und sah auf das Foto im Wohnzimmer. „Vielleicht... vielleicht gibt es Dinge, die wir nicht erklären können," sagte er schließlich leise.

Den Rest des Tages schien eine besondere Stille im Haus zu liegen. Am Abend, als Gesine ins Bett gebracht wurde, bat sie um eine kleine Lampe neben ihrem Fenster.

„Damit Urgroßmutter weiß, dass ich sie auch lieb habe," erklärte sie.

Hannah stellte die Lampe hin, und während Gesine einschlief, sah sie aus dem Fenster und flüsterte: „Danke, dass du uns gefunden hast."

In der Ferne schien ein kleiner Stern heller zu leuchten als die anderen.

Ein Lachen aus der Vergangenheit

Ein paar Wochen waren vergangen, seit Gesine das erste Mal von ihrer Begegnung mit der Urgroßmutter erzählt hatte. Die Familie hatte das Erlebnis immer wieder besprochen, aber keiner wusste, was er davon halten sollte. War es nur die lebhafte Fantasie eines Kindes? Oder hatte Gesine wirklich etwas Außergewöhnliches erlebt?

Eines Abends, nachdem Gesine friedlich eingeschlafen war, passierte es erneut.

Am nächsten Morgen kam sie fröhlich in die Küche, ihre blonden Locken waren zerzaust, und sie hielt ihre Stoffpuppe fest an sich gedrückt. „Mama, Papa!" rief sie. „Urgroßmutter war wieder da!"

Hannah und Daniel wechselten Blicke. „Hat sie dir wieder etwas erzählt?" fragte Hannah vorsichtig, während sie den Tisch deckte.

Gesine nickte begeistert und kletterte auf ihren Stuhl. „Ja! Sie hat mir eine ganz lustige Geschichte über Urgroßvater erzählt."

„Über Urgroßvater?" Daniel runzelte die Stirn. „Was denn für eine Geschichte?"

Gesine grinste breit. „Sie hat gesagt, dass er mal versucht hat, eine Kuh in die Küche zu bringen, weil er dachte, sie hätte Hunger!"

Hannah erstarrte mitten in der Bewegung, die Kaffeekanne in der Hand. „Was hast du gerade gesagt?"

„Er wollte eine Kuh in die Küche bringen," wiederholte Gesine fröhlich. „Aber die Kuh wollte nicht rein, und dann hat er so laut geschimpft, dass die Nachbarn alle lachen mussten."

Hannah ließ die Kanne sinken und setzte sich langsam auf einen Stuhl. Ihre Hände zitterten leicht. „Das... das ist passiert," sagte sie leise. „Meine Großmutter hat mir diese Geschichte erzählt, als ich ein Teenager war. Dein Urgroßvater, Marta's Mann, hat wirklich versucht, eine Kuh ins Haus zu bringen, weil er dachte, sie hätte Hunger. Niemand außer mir und meiner Mutter wusste davon."

Daniel sah Hannah verblüfft an. „Das kann doch nicht sein. Gesine, woher weißt du das?"

Gesine zuckte mit den Schultern. „Urgroßmutter hat es mir erzählt. Sie hat dabei so doll gelacht, dass ich auch lachen musste!"

Hannah schaute ihre Tochter lange an. In diesem Moment wurde ihr klar, dass Gesine etwas Besonderes war. Sie hatte eine Verbindung zur Urgroßmutter, die niemand erklären konnte.

„Gesine," sagte Hannah schließlich, ihre Stimme war sanft. „Weißt du, dass deine Urgroßmutter auch so war wie du? Sie hat manchmal Dinge gewusst, die sie nicht wissen konnte. Und sie hat immer gesagt, dass es ein Geschenk ist."

„Ein Geschenk?" Gesine legte den Kopf schief.

„Ja, ein Geschenk," sagte Hannah. „Aber ein sehr besonderes. Es bedeutet, dass du eine Verbindung zu den Menschen hast, die uns vorausgegangen sind. Und dass sie uns manchmal Dinge erzählen, die uns helfen oder uns zum Lachen bringen."

Gesine lächelte. „Dann bin ich froh, dass ich das Geschenk habe. Urgroßmutter sagt, Lachen ist wichtig."

Hannah beugte sich vor und drückte ihre Tochter fest an sich. „Ja, mein Schatz. Das ist es. Und du wirst lernen, dieses Geschenk gut zu nutzen."

Von diesem Tag an wurde Gesine's besondere Fähigkeit von der Familie nicht mehr als seltsam, sondern als wundervoll betrachtet. Die Geschichten, die sie von ihrer Urgroßmutter erzählte, brachten nicht nur Lachen, sondern auch Trost in ihr Leben. Und jedes Mal, wenn Gesine von einer neuen Begegnung berichtete, fühlte es sich an, als wäre die Familie ein Stück näher zusammengerückt – als ob die Vergangenheit und die Gegenwart miteinander verwoben wären, durch das kleine Mädchen mit dem großen Geschenk.

Erinnerung an Brest

Hans liebte es, neue Orte zu entdecken. Als er mit seiner Frau Marie in Brest ankam, war er von der rauen Schönheit der bretonischen Küste sofort gefesselt. Die mächtigen Klippen, die alten Festungsanlagen und das salzige Aroma der See schienen ihm auf seltsame Weise vertraut.

Doch es war nicht nur ein Déjà-vu. Es war mehr als das.

Am dritten Tag ihres Aufenthalts beschlossen sie, die Altstadt zu erkunden. Während Marie begeistert in einem kleinen Laden nach Souvenirs stöberte, blieb Hans vor der Kirche Saint-Sauveur stehen. Die uralte Fassade mit den verwitterten Steinen und dem Glockenturm zog ihn magisch an.

„Ich kenne diesen Ort," murmelte er vor sich hin.

„Natürlich," sagte ein Fremder neben ihm, ein älterer Mann mit einem freundlichen

Lächeln. „Die Kirche gehört zu den ältesten Gebäuden in Brest."

Hans nickte abwesend. Doch es war nicht die Information, die ihn beschäftigte. Es war eine Erinnerung, die ihn plötzlich überflutete, wie ein Sturm, der aus heiterem Himmel losbricht.

Er sah sich selbst – oder besser gesagt, einen Mann, der ihm ähnlich sah, aber doch anders war. Der Mann trug ein grobes Leinenhemd, einen Umhang und hielt eine schwere Tasche bei sich. Sein Haar war länger, und seine Hände waren von harter Arbeit gezeichnet. Hans hörte den Klang von Hämmern, sah Schiffe, die in einem Hafen gebaut wurden, und spürte den salzigen Wind auf seiner Haut.

„Jacques," flüsterte er plötzlich.

„Was hast du gesagt?" fragte Marie, die aus dem Laden kam und ihn verwundert ansah.

„Jacques," wiederholte Hans, seine Stimme zitterte. „Das war mein Name."

„Welcher Name?" Marie legte ihre Hand auf seinen Arm, doch Hans war wie in Trance.

„Ich war hier," sagte er leise. „Vor langer Zeit. Ich lebte hier. Ich war ein Schiffbauer. Mein Name war Jacques."

Marie starrte ihn an, unsicher, ob er einen Scherz machte. Doch Hans wirkte vollkommen ernst.

Sie verbrachten den Rest des Tages damit, durch die Altstadt zu spazieren, und Hans erzählte Dinge, die er unmöglich wissen konnte. „Das war früher ein Marktplatz," sagte er und deutete auf einen offenen Platz. „Hier haben die Händler ihre Waren verkauft. Und dort drüben," er zeigte auf eine kleine Gasse, „war die Schmiede. Ich habe dort oft Nägel für die Schiffe geholt."

„Wie kannst du das wissen?" fragte Marie schließlich, fasziniert und zugleich beunruhigt.

Hans hielt inne. „Ich weiß es nicht. Es ist, als ob diese Erinnerungen plötzlich wieder da sind. Wie ein Schleier, der weggezogen wurde."

Am Abend kehrten sie in ein kleines Restaurant ein, das direkt am Hafen lag. Hans blickte lange auf das Wasser, das im Licht der untergehenden Sonne glitzerte.

„Ich erinnere mich an meinen Tod," sagte er schließlich leise.

Marie erstarrte. „Was meinst du damit?"

„Ich..." Hans schluckte. „Ich war auf einem Schiff. Es war ein Sturm. Wir haben versucht, die Segel zu sichern, aber eine Welle hat mich erfasst und ins Meer gerissen. Ich bin ertrunken."

Marie griff nach seiner Hand. „Das ist... unglaublich. Aber Hans, was bedeutet das?"

Hans sah sie mit ernsten Augen an. „Ich weiß es nicht genau. Aber ich glaube, ich sollte hierher zurückkehren. Vielleicht, um etwas zu verstehen. Oder um Frieden mit dieser Vergangenheit zu schließen."

In den nächsten Tagen erkundeten sie gemeinsam Brest und seine Geschichte. Hans fühlte sich seltsam erfüllt, als hätte er einen Teil von sich selbst wiedergefunden, den er verloren hatte.

Als sie schließlich abreisten, warf Hans einen letzten Blick auf die Stadt, die ihm so viel mehr gegeben hatte, als er erwartet hatte.

„Lebe ich wirklich nur einmal?" fragte er sich leise. Doch in seinem Herzen wusste er bereits die Antwort.

Die Stimme auf der Hütte

Yvonne liebte das Skifahren. Die frische Bergluft, die schneebedeckten Gipfel und das Rauschen des Windes, wenn sie die Pisten hinabgleitete, waren für sie wie Balsam für die Seele. An diesem Wintertag war der Himmel strahlend blau, und die Pisten in Österreich perfekt präpariert.

Nach mehreren Abfahrten beschloss sie, eine Pause einzulegen. Sie steuerte eine urige Berghütte an, deren rauchender Kamin die Gäste mit Wärme und Gemütlichkeit lockte. Mit einem eleganten Einkehrschwung kam sie vor der Hütte zum Stehen, klopfte den Schnee von ihren Skiern ab und betrat den Gastraum.

Drinnen herrschte reger Betrieb. Der Duft von Kaiserschmarrn und Glühwein hing in der Luft, und die Stimmen der Skifahrer vermischten sich zu einem warmen Summen. Yvonne fand einen freien Platz in einer Ecke, wo ein einzelner Tisch stand, der etwas abseits des Trubels lag.

Kaum hatte sie sich hingesetzt, bemerkte sie eine ältere Frau, die am Nachbartisch saß. Sie war in einen langen, dunklen Mantel gehüllt und trug ein Kopftuch, das ihr silbernes Haar umrahmte. Ihre Augen waren klar und durchdringend, und sie schien Yvonne direkt anzusehen.

„Du bist Yvonne, nicht wahr?" fragte die Frau plötzlich.

Yvonne war überrascht. „Ja, das bin ich. Kennen wir uns?"

Die Frau lächelte geheimnisvoll. „Nicht direkt. Aber ich kenne deine Großmutter."

Yvonne runzelte die Stirn. „Meine Großmutter? Sie ist vor vielen Jahren gestorben."

Die Frau nickte. „Ich weiß. Aber sie wollte, dass ich dir etwas sage."

Yvonne stockte der Atem. „Wie... wie meinen Sie das?"

„Deine Großmutter und ich, wir sind uns verbunden, sagen wir es so. Sie hat eine Nachricht für dich. Etwas, das du wissen sollst."

Yvonne war skeptisch, aber irgendetwas in der Stimme der Frau hielt sie davon ab, einfach aufzustehen und zu gehen. „Was soll ich wissen?" fragte sie schließlich.

Die Frau lehnte sich leicht vor. „Deine Großmutter hatte immer ein Armband, das ihr sehr viel bedeutet hat. Es ist aus Silber, mit einem kleinen Anhänger in Form eines Sterns. Sie hat es vor Jahren verloren und nie darüber gesprochen, weil sie dachte, es sei für immer weg. Doch sie möchte, dass du es findest."

Yvonne schüttelte den Kopf. „Ein Armband? Davon habe ich nie gehört. Und wie soll ich es finden?"

Die Frau lächelte. „Es ist in einer kleinen Holzschatulle in der alten Kommode, die bei euch im Dachboden steht. Deine Großmutter hat es dort abgelegt und vergessen. Wenn du es findest, wird es dich an sie erinnern – und an ihre Liebe zu dir."

Yvonne starrte die Frau an, sprachlos. „Das... das könnte stimmen," murmelte sie. „Wir haben diese alte Kommode, aber ich habe nie in die Schubladen geschaut."

Die Frau stand auf, zog ihren Mantel enger um sich und nickte Yvonne zu. „Manchmal sind die Verbindungen zwischen den Generationen stärker, als wir glauben. Geh nach Hause und schau nach. Es wird dich überraschen."

Bevor Yvonne etwas sagen konnte, wandte sich die Frau um und verließ die Hütte.

Yvonne saß noch eine Weile da, unfähig, das Erlebte zu begreifen. Schließlich fuhr sie die letzte Abfahrt hinunter ins Tal, doch die Worte der Frau ließen sie nicht los.

Wieder zu Hause angekommen, kletterte sie auf den Dachboden und fand die alte Kommode, die sie seit Jahren nicht beachtet hatte. Ihre Hände zitterten, als sie die Schubladen durchsuchte. Und tatsächlich, in der hintersten Ecke der untersten Schublade, lag eine kleine Holzschatulle.

Als sie sie öffnete, fand sie ein silbernes Armband mit einem sternförmigen Anhänger – genau so, wie die Frau es beschrieben hatte.

Tränen stiegen Yvonne in die Augen. Sie hielt das Armband fest und spürte plötzlich eine tiefe Verbindung zu ihrer Großmutter, als wäre sie immer noch da.

Von diesem Tag an trug Yvonne das Armband, nicht nur als Erinnerung an ihre Großmutter, sondern auch an die Begegnung in der Berghütte – ein Zeichen dafür, dass die Liebe ihrer Großmutter nie wirklich verschwunden war.

Letzter Abschied in Wien

Dorit war aufgeregt. Die Klassenfahrt nach Wien war ein Highlight des Jahres. Die prächtigen Gebäude, die berühmte Kunst und die lebendige Atmosphäre der Stadt faszinierten sie. Doch unter der fröhlichen Oberfläche lag ein Schatten, der sie und ihre Klasse begleitete: Anna, ihre Mitschülerin und Freundin, war wenige Wochen vor der Fahrt verstorben. Nach einem langen Kampf gegen eine Krankheit hatte sie es nicht mehr geschafft.

Anna hatte sich so sehr auf diese Reise gefreut. Oft hatte sie mit Dorit darüber gesprochen, welche Sehenswürdigkeiten sie unbedingt sehen wollten – die Hofburg, den Stephansdom und das Schloss Schönbrunn. Nun war sie nicht dabei, und ihr Fehlen war für die ganze Klasse spürbar.

Am dritten Abend in Wien hatten die Schüler etwas Freizeit. Dorit beschloss, allein durch die engen Gassen der Altstadt zu spazieren.

Sie wollte den Trubel der Gruppe für einen Moment hinter sich lassen.

Sie fand sich schließlich auf einem kleinen Platz wieder, wo eine alte Straßenlaterne ein sanftes Licht auf die kopfsteingepflasterten Wege warf. Es war still, nur das leise Rauschen der Stadt und das ferne Läuten einer Kirchenglocke waren zu hören. Dorit setzte sich auf eine Bank und ließ ihre Gedanken schweifen.

„Es ist schön hier, oder?"

Die Stimme ließ sie zusammenzucken. Sie drehte sich um – und erstarrte.

Da stand Anna. Sie trug ihren Lieblingsmantel, den sie immer anhatte, wenn es kühl war, und ein sanftes Lächeln lag auf ihrem Gesicht. Sie wirkte blass, fast durchscheinend, doch ihre Augen strahlten wie immer.

„A-Anna?" Dorit brachte kaum ein Wort heraus.

„Ja, ich bin's," sagte Anna ruhig. „Keine Angst, Dorit. Ich wollte nur kurz vorbeischauen."

Dorit spürte, wie ihr Herz schneller schlug. „Aber... wie? Du bist doch...“

„...nicht mehr hier,“ beendete Anna den Satz. „Ich weiß. Aber ich wollte mich verabschieden. Ich konnte das nicht, bevor ich gegangen bin. Und ich wollte dir danken.“

„Danken? Wofür?“

Anna setzte sich neben Dorit, doch Dorit spürte keinen Druck auf der Bank. Es war, als ob Anna aus Licht und Luft bestand.

„Für deine Freundschaft,“ sagte Anna. „Du warst immer für mich da, auch in den schweren Zeiten. Und du hast mich zum Lachen gebracht, wenn ich dachte, ich könnte nie wieder lachen.“

Dorit spürte, wie Tränen in ihre Augen stiegen. „Anna, es tut mir so leid. Ich wünschte, du wärst hier bei uns. Wir hätten so viel zusammen sehen können.“

Anna lächelte sanft. „Ich bin hier, Dorit. Nur anders. Ich habe die Fahrt durch dich erlebt. Du hast alles gesehen, was ich sehen wollte. Und ich war bei dir.“

Die Stimme des Meeres

Warnemünde war an diesem Frühlingstag in sanftes Licht getaucht. Die Sonne spiegelte sich auf den Wellen der Ostsee, Möwen kreisten über den Hafen, und eine frische Brise wehte über die Mittelmole. Hubert stand am Geländer, den Blick auf die unendliche Weite des Meeres gerichtet.

Er kam oft hierher, an diesen Ort, der so viel Bedeutung für ihn trug. Hier, vor ein paar Jahren, hatte er sich von seiner Frau Anne verabschiedet. Sie hatte es sich gewünscht: eine Seebestattung, frei und im Einklang mit der Natur, die sie so sehr geliebt hatte.

„Anne," flüsterte Hubert, seine Stimme vom Wind beinahe verschluckt. „Ich wünschte, du könntest hier sein. Ich vermisse dich."

Er schloss die Augen und lauschte den Wellen, die sanft gegen die Steine schlugen. Plötzlich fühlte er etwas – ein unerklärliches Kribbeln in der Luft, das ihn durchströmte, als würde ihn eine unsichtbare Hand berühren.

„Ich bin hier, Hubert."

Huberts Augen flogen auf. Die Stimme war klar, sanft und vertraut. Sein Herz setzte einen Moment aus, und er drehte sich um – doch da war niemand.

„Anne?" fragte er, unsicher, ob er träumte oder wach war.

„Ja, mein Lieber. Es bin wirklich ich," antwortete die Stimme. Sie schien von überall und doch direkt aus seinem Herzen zu kommen.

„Wie... wie ist das möglich?" flüsterte Hubert, Tränen traten ihm in die Augen.

„Manchmal öffnet sich ein Fenster zwischen unseren Welten," erklärte Anne. „Und heute... heute spürte ich, dass du mich brauchst."

Hubert lehnte sich gegen das Geländer, sein Blick war immer noch auf das Wasser gerichtet. „Ich weiß nicht, wie ich ohne dich weitermachen soll. Es fühlt sich so leer an, Anne."

„Oh, Hubert," sagte sie liebevoll. „Du bist nie ohne mich. Ich bin immer bei dir. In

deinem Herzen, in deinen Erinnerungen...
und in Momenten wie diesem."

Hubert schluckte schwer. „Ich hätte dir so
viel mehr sagen sollen, als du noch hier warst.
Wie sehr ich dich liebe. Wie sehr ich dir
dankbar bin."

„Das weiß ich, Hubert," sagte Anne. „Ich
habe es immer gewusst. Deine Liebe war in
jedem Blick, in jedem Wort, in jeder Geste.
Du musst dir keine Vorwürfe machen."

Eine Weile standen sie so da – Hubert an der
Mittelmole, umgeben von der Stimme seiner
verstorbenen Frau. Die Zeit schien
stillzustehen.

„Warum bist du heute hier?" fragte er
schließlich.

„Um dich daran zu erinnern, dass du
weiterleben musst," antwortete sie. „Ich
möchte, dass du glücklich bist. Geh hinaus,
erlebe die Welt, finde Frieden. Du hast so viel
Liebe in dir, Hubert. Es wäre schade, sie
nicht zu teilen."

„Ich weiß nicht, ob ich das kann," gab
Hubert zu.

„Doch, das kannst du," sagte Anne mit sanftem Nachdruck. „Du hast eine Stärke in dir, die du noch nicht erkannt hast. Und wann immer du zweifelst, denk an mich. Ich werde dich immer führen, so wie der Wind die Wellen lenkt."

Hubert schloss die Augen und atmete tief ein. Die salzige Luft füllte seine Lungen, und ein Gefühl von Ruhe durchströmte ihn.

„Ich werde es versuchen," sagte er leise.

„Das ist alles, was ich mir wünsche," sagte Anne. „Und vergiss nicht, Hubert: Die Liebe, die wir teilen, endet nicht mit dem Tod. Sie ist ewig."

Ein sanfter Windstoß strich über sein Gesicht, als hätte Anne ihn ein letztes Mal berührt. Hubert öffnete die Augen, und das Meer schimmerte unter der Sonne, als würde es ihm ein stilles Versprechen geben.

Er blieb noch lange an der Mittelmole stehen, doch in seinem Herzen fühlte er sich nicht mehr allein. Anne war bei ihm – und würde es immer sein.

Der Jakobsweg

Karin war auf dem Jakobsweg unterwegs, wie so viele vor ihr. Es war eine Reise, die sie aus einer inneren Sehnsucht heraus angetreten hatte – eine Suche nach Antworten, nach Frieden, vielleicht sogar nach sich selbst. Die alten Wege Spaniens, gesäumt von Olivenbäumen und windgepeitschten Feldern, schienen voller Geschichten zu sein, die sie hören konnte, wenn sie nur genau genug lauschte.

An diesem Tag führte der Weg sie durch einen dichten Eichenwald. Die Sonne warf tanzende Schatten auf den Pfad, und das leise Rascheln der Blätter war ihr einziger Begleiter. Sie hatte das Gefühl, dass dieser Abschnitt des Weges anders war – stiller, beinahe ehrfürchtig.

Plötzlich spürte Karin, wie die Luft um sie herum kühler wurde. Der Wind trug eine seltsame Melodie mit sich, ein Summen, das fast wie Stimmen klang. Sie blieb stehen, schloss die Augen und lauschte.

„Karin," flüsterte eine Stimme.

Erschrocken öffnete sie die Augen und sah sich um. Doch sie war allein.

„Karin," kam die Stimme wieder, diesmal deutlicher. Es war eine tiefe, ruhige Stimme, gefolgt von einer anderen, höheren. „Hör uns zu."

„Wer... wer ist da?" fragte sie zögernd.

„Wir sind deine Ahnen," antwortete die erste Stimme. „Wir haben den Weg vor dir gegangen, vor langer Zeit."

Karin war sprachlos. Sie hatte schon oft von spirituellen Erlebnissen auf dem Jakobsweg gehört, aber das hier war anders.

„Eure Stimmen... sind das nur meine Gedanken?" fragte sie leise.

„Nein, Kind," sagte die zweite Stimme, die jetzt wärmer klang, wie die einer älteren Frau. „Wir sind hier, um dir etwas zu erzählen. Etwas, das du wissen musst."

„Was wollt ihr mir sagen?" flüsterte Karin, ihre Hände zitterten leicht.

„Vor Hunderten von Jahren pilgerten wir denselben Weg," begann die erste Stimme. „Dein Ur-Ur-Großvater, Miguel, trug einen Stein aus seiner Heimat in den Händen – ein Symbol für die Last, die er trug. Er legte ihn an der Cruz de Ferro ab und fand Frieden."

„Und ich," sagte die zweite Stimme, „war Magdalena, eine deiner Ur-Ahninnen. Ich ging den Weg, als ich jung und voller Zweifel war. In Santiago fand ich die Kraft, ein neues Leben zu beginnen."

Karin konnte ihre Tränen nicht zurückhalten. Die Worte berührten etwas Tiefes in ihr, etwas, das sie kaum beschreiben konnte.

„Warum erzählt ihr mir das?" fragte sie schließlich.

„Weil auch du eine Last trägst," sagte Magdalena. „Eine Last, die dich daran hindert, wirklich frei zu sein."

„Aber ich weiß nicht, wie ich sie loslassen soll," gab Karin zu.

„Der Weg wird es dir zeigen," sagte Miguel. „Wir sind hier, um dich zu erinnern, dass du nicht allein bist. Die Kraft unserer Reise lebt in dir weiter. Jedes deiner Schritte trägt auch uns – und unsere Liebe zu dir."

Karin spürte, wie eine Welle von Wärme sie durchströmte. Sie schloss die Augen und ließ die Tränen frei fließen. Als sie die Augen wieder öffnete, schien das Licht durch die Bäume heller zu sein, und die Stimmen waren verstummt.

Doch sie fühlte sich nicht mehr allein. Ihre Schritte hatten neuen Schwung, und ihr Herz war leichter, als sie den Weg weiterging.

Als sie Tage später an der Cruz de Ferro ankam, nahm sie einen kleinen Stein aus ihrem Rucksack. Sie legte ihn mit zitternden Händen auf den Haufen und flüsterte: „Für euch. Und für mich."

In diesem Moment fühlte sie sich mit ihren Ahnen verbunden, mit dem Weg und mit sich selbst. Es war, als hätten die Stimmen des Jakobswegs ihr ein altes Geheimnis offenbart: Dass der Weg nicht nur ein Pfad durch die Landschaft war, sondern auch ein Weg ins Herz – zurück zu den Wurzeln und nach vorne in die Zukunft.

Die Botschaft an der Etsch

Gernot fuhr gemächlich auf seinem Rad den Radweg von Meran nach Bozen entlang. Die Luft war klar und warm, die Etsch glitzerte neben ihm im Sonnenlicht, und die Berge warfen ihre Schatten über den Fluss. Es war ein Tag, an dem die Welt ihm leicht und friedlich erschien.

Doch kurz hinter einem kleinen Rastplatz sah Gernot eine Gestalt am Wegesrand. Ein älterer Mann, mit wettergegerbtem Gesicht und einem abgenutzten Rucksack, saß auf einem großen Stein. Sein Strohhut war tief ins Gesicht gezogen, und er wirkte erschöpft.

Gernot hielt an. „Alles in Ordnung?" fragte er freundlich.

Der alte Mann hob den Kopf. Seine Augen waren klar, aber von einer seltsamen Tiefe, die Gernot fast einschüchterte. „Ein bisschen müde, junger Mann," sagte der Wanderer mit rauer Stimme. „Aber ich muss hier warten. Ich wusste, dass Sie kommen würden."

Gernot runzelte die Stirn. „Mich? Woher wissen Sie, wer ich bin?"

Der Mann lächelte schwach. „Manchmal bekommt man eine Aufgabe, die man nicht ganz versteht. Aber ich soll Ihnen etwas erzählen – etwas, das Ihnen gehört."

Gernot stieg vom Rad und stellte es zur Seite. Er setzte sich auf einen nahegelegenen Stein. „Was wollen Sie mir erzählen?" fragte er, skeptisch, aber auch neugierig.

Der alte Mann zog eine kleine Flasche Wasser aus seinem Rucksack, nahm einen Schluck und begann zu sprechen. „Ihr Großvater, Viktor, nicht wahr? Er ist im Krieg gefallen. In Russland."

Gernot spürte, wie ihm das Herz schneller schlug. „Das stimmt. Aber ich weiß kaum etwas darüber. Er starb, bevor mein Vater überhaupt geboren wurde."

Der Mann nickte. „Es war ein bitterkalter Winter. Viktor war Teil eines Rückzugs, bei dem viele Männer ihr Leben ließen. Aber Ihr Großvater hat etwas getan, was ihn auszeichnet. Er hat sein Leben geopfert, um andere zu retten."

Gernot war sprachlos. „Wie... wie wissen Sie das? Niemand in meiner Familie kennt die genauen Umstände."

Der Wanderer lächelte traurig. „Ich bin nur ein Bote. Aber manchmal spricht das Jenseits zu uns, durch Träume, Visionen oder Menschen wie mich. Ich habe in einer ruhigen Stunde die Aufgabe erhalten, Ihnen diese Geschichte zu erzählen."

Er erzählte weiter, wie Viktor während des Rückzugs eine kleine Gruppe von Kameraden aus einer hoffnungslosen Lage befreite, indem er feindliche Aufmerksamkeit auf sich zog. Er wusste, dass er nicht zurückkehren würde, aber sein Opfer rettete viele Leben.

„Seine Kameraden haben ihn nicht vergessen," sagte der alte Mann. „Und diese Botschaft, die ich Ihnen bringe, ist eine Art Dank. Sein Mut, seine Güte – das soll nicht verloren gehen. Sie sollen wissen, dass er ein Held war."

Gernot war überwältigt. Die Geschichte ließ ihn zwischen Stolz und Trauer schwanken.

„Aber warum gerade jetzt? Warum erzählen Sie mir das hier?"

Der Wanderer legte die Hände auf seinen Stock und sah Gernot direkt in die Augen. „Vielleicht, weil Sie es jetzt hören müssen. Vielleicht, weil es Sie daran erinnern soll, dass Sie ein Erbe tragen – nicht nur das Blut, sondern auch die Stärke und den Mut Ihres Großvaters. Das Jenseits hat seine Wege, uns zu erreichen. Und jetzt ist es an Ihnen, die Geschichte weiterzutragen."

Bevor Gernot weitere Fragen stellen konnte, stand der alte Mann auf. Seine Bewegungen wirkten plötzlich geschmeidiger, fast mühelos, und seine Augen schienen in einem unirdischen Licht zu leuchten.

„Ich muss weiter," sagte er. „Aber vergessen Sie nicht, was Sie heute erfahren haben. Ihr Großvater hat in Ihnen weitergelebt, und jetzt wissen Sie, warum."

Mit diesen Worten drehte sich der alte Mann um und ging den Radweg entlang, bis er hinter einer Biegung verschwand.

Gernot blieb noch eine Weile sitzen, die Worte des Mannes hallten in seinem Kopf wider. Als er schließlich wieder aufs Fahrrad stieg und seine Fahrt fortsetzte, fühlte er sich anders – als hätte er nicht nur eine Geschichte, sondern auch einen Teil seines Großvaters zurückgewonnen.

Das Glitzern der Etsch schien jetzt heller, lebendiger, und Gernot wusste, dass er die Botschaft nie vergessen würde.

Die Wellen der Vergangenheit

Heinz war zum ersten Mal in Gruissan, einem kleinen Fischerdorf an der südfranzösischen Mittelmeerküste. Die engen Gassen mit ihren pastellfarbenen Häusern, das sanfte Plätschern der Boote im Hafen und der salzige Duft der Meeresluft hatten ihn sofort in ihren Bann gezogen. Er war eigentlich nur auf der Durchreise, doch etwas hatte ihn hierher gezogen, ein Gefühl, das er nicht ganz erklären konnte.

Eines Nachmittags spazierte er am Hafen entlang, als ein älterer Fischer in seinem Boot die Netze einholte. Der Mann hatte ein Gesicht, das von Sonne und Wind gezeichnet war, und doch strahlte er eine Ruhe aus, die Heinz faszinierte.

„Schöner Tag, nicht wahr?" rief der Fischer auf Französisch, als er Heinz bemerkte.

„Ja, wunderbar," antwortete Heinz, der das Französisch aus der Schule noch halbwegs beherrschte.

Der Fischer winkte ihn näher heran. „Du bist nicht von hier, das sieht man. Was führt dich nach Gruissan?"

„Reine Neugier," sagte Heinz lächelnd. „Ich reise durch die Gegend und habe gehört, dass Gruissan wunderschön ist."

Der Fischer nickte, betrachtete Heinz einen Moment lang schweigend und sagte dann: „Weißt du, manchmal führt einen die Neugier zu Orten, die mehr mit uns zu tun haben, als wir ahnen."

Heinz runzelte die Stirn. „Wie meinst du das?"

Der Fischer zog einen kleinen Fisch aus dem Netz, warf ihn zurück ins Wasser und sagte: „Ich habe dich gesehen und wusste sofort, dass du einem Mann ähnelst, den ich aus den Geschichten meines Großvaters kenne. Ein Mann namens Étienne. Er lebte hier in Gruissan vor sehr, sehr langer Zeit."

„Étienne?" Heinz schüttelte den Kopf. „Der Name sagt mir nichts."

„Aber dein Gesicht – es ist, als würde ich ihn wiedersehen," sagte der Fischer und deutete auf eine Bank in der Nähe. „Setz dich, ich erzähle dir von ihm."

Heinz setzte sich, neugierig und ein wenig verwirrt. Der Fischer begann zu erzählen:

„Étienne war ein Fischer, wie ich. Doch er hatte etwas, das ihn von den anderen unterschied. Er konnte das Meer lesen wie ein Buch. Er wusste immer, wann ein Sturm kam, wo die besten Fischgründe waren und welche Gefahren lauerten. Man sagte, er habe eine besondere Verbindung zum Meer – fast so, als würde es mit ihm sprechen."

Heinz lauschte gebannt.

„Eines Tages," fuhr der Fischer fort, „wurde Étienne hinaus aufs Meer gezogen. Ein Sturm kam plötzlich auf, und er war weit draußen, allein in seinem kleinen Boot. Die Leute glaubten, er sei verloren. Doch Tage später fand man ihn – lebend, aber verändert. Er sprach davon, dass das Meer ihm etwas gezeigt habe, eine Wahrheit über seine Familie, über seine Zukunft. Er schwor, dass eines Tages einer seiner Nachfahren zurückkehren würde, um diese Verbindung fortzuführen."

Der Fischer blickte Heinz mit einem unergründlichen Lächeln an. „Und jetzt bist du hier."

Heinz spürte, wie ihm ein Schauer über den Rücken lief. „Das ist... erstaunlich," stammelte er. „Aber wie könnt ihr sicher sein, dass ich dieser Nachfahre bin?"

Der Fischer zuckte mit den Schultern. „Das Meer kennt die Antworten. Ich bin nur ein Mann, der Netze auswirft und Geschichten bewahrt. Doch manchmal führt es Menschen zurück an Orte, die sie nicht erklären können. Vielleicht bist du hier, um die Verbindung zu erneuern."

Heinz fühlte sich, als würde die Welt um ihn herum für einen Moment stillstehen. Die Worte des Fischers hallten in ihm nach.

„Was soll ich tun?" fragte er schließlich.

„Geh zum Strand, wenn die Sonne untergeht," sagte der Fischer. „Setz dich hin, lausche den Wellen. Vielleicht erzählt dir das Meer das, was es damals Étienne gezeigt hat."

Noch am selben Abend folgte Heinz dem Rat des Fischers. Am Strand, unter einem Himmel, der in Rot und Gold erstrahlte, setzte er sich in den Sand und ließ das Rauschen der Wellen auf sich wirken.

Und in der Stille, in der Verbindung zwischen Meer und Himmel, glaubte er für einen Moment, eine Stimme zu hören – ein Flüstern, das ihm eine Geschichte erzählte, die er noch nicht ganz verstand, aber die sich seltsam vertraut anfühlte.

Es war, als würde das Meer ihm zuflüstern: „Willkommen zurück."

Am nächsten Morgen kehrte Heinz zum Hafen zurück, fest entschlossen, mehr über seinen mysteriösen Vorfahren Étienne und die Verbindung zu Gruissan herauszufinden. Der Fischer, der sich als Jules vorgestellt hatte, war bereits dabei, seine Netze zu flicken, als Heinz ihn begrüßte.

„Ich bin wieder da," sagte Heinz lächelnd. „Ich konnte gestern Nacht kaum schlafen. Ich muss mehr über Étienne erfahren."

Jules nickte, als hätte er das erwartet. „Setz dich," sagte er, klopfte auf eine Holzkiste neben sich und holte eine kleine

Holzschachtel aus seinem Boot. „Ich habe noch etwas, das dir vielleicht helfen wird."

Aus der Schachtel holte er ein altes, vergilbtes Pergament. Es war eine Seekarte, darauf gezeichnet die Küste um Gruissan, aber auch kleine Markierungen, die für Heinz keinen Sinn ergaben.

„Was ist das?" fragte Heinz, während er vorsichtig die Karte entfaltete.

„Étienne hat diese Karte gemacht," erklärte Jules. „Sie zeigt nicht nur das Meer und die Fischgründe, sondern auch seine Erinnerungen – Orte, die für ihn von Bedeutung waren."

Jules deutete auf eine Markierung, die sich im Landesinneren befand. „Hier," sagte er, „ist das Haus, in dem er gelebt hat. Es ist längst verfallen, aber die Steine tragen immer noch seine Geschichte."

Heinz war überwältigt. „Können wir dorthin gehen?"

„Natürlich," sagte Jules. „Ich bringe dich hin."

Jules und Heinz machten sich am Nachmittag auf den Weg. Der Pfad führte durch eine wilde, steinige Landschaft, vorbei an duftendem Lavendel und Olivenhainen, die sich unter der heißen Sonne erstreckten. Nach etwa einer Stunde erreichten sie eine Anhöhe, von der aus man ein altes, halb zerfallenes Steinhaus sehen konnte.

„Das ist es," sagte Jules. „Hier hat Étienne gelebt."

Heinz ging langsam auf das Haus zu, spürte eine seltsame Mischung aus Ehrfurcht und Verbundenheit. Er berührte die kühlen Steine, die von Moos bedeckt waren, und stellte sich vor, wie sein Vorfahre hier gelebt hatte.

„Étienne war nicht nur Fischer," sagte Jules leise. „Er war auch ein Mann, der die Geschichten der Menschen bewahrt hat. Er hat Briefe geschrieben, Erinnerungen aufgeschrieben. Vielleicht findest du hier noch mehr."

In einer Ecke des Hauses, wo das Dach noch halbwegs intakt war, entdeckte Heinz eine kleine Kiste, die unter einem alten Balken versteckt war. Sie war verrostet, aber mit etwas Mühe öffnete er sie. Darin fand er vergilbte Papiere, die in einer eleganten Handschrift beschrieben waren.

„Das ist Étiennes Schrift," sagte Jules mit leuchtenden Augen.

Heinz begann zu lesen. Die Texte waren persönliche Aufzeichnungen von Étienne, in denen er nicht nur sein Leben als Fischer beschrieb, sondern auch von seiner Familie sprach.

„Ich habe Wurzeln in Deutschland," las Heinz laut vor. „Mein Urgroßvater wanderte aus einem kleinen Dorf an der Donau hierher aus. Ich trage die Erinnerungen meiner Vorfahren in mir, aber mein Herz gehört jetzt diesem Meer."

Heinz stockte. Er hatte nie gewusst, dass seine Familie einst aus Deutschland nach Frankreich gekommen war.

„Das bist du," sagte Jules mit einem wissenden Lächeln. „Du bist die Verbindung zwischen diesen Welten. Deine Wurzeln sind hier und dort, und Étienne wusste, dass eines

Tages jemand zurückkommen würde, um diese Verbindung wieder zu entdecken."

Zurück in Gruissan fühlte sich Heinz verändert. Er hatte nicht nur eine faszinierende Geschichte über seinen Ur-Ur-Ur-Großvater erfahren, sondern auch eine tiefere Wahrheit über sich selbst entdeckt. Seine Wurzeln waren komplexer und reicher, als er je gedacht hatte.

Am Abend, als die Sonne über dem Hafen unterging, stand Heinz am Wasser und spürte eine seltsame Ruhe. Er dachte an Étienne, an seine Liebe zum Meer und an die Brücke, die er zwischen den Kulturen gebaut hatte.

„Danke," flüsterte Heinz ins Rauschen der Wellen. Es war, als würde das Meer ihm antworten, leise, aber bestimmt, wie ein Echo der Vergangenheit: „Willkommen zu Hause „

Das Flüstern im Münster

Leo war ein neugieriger junger Mann von 28 Jahren, der auf der Suche nach seinen familiären Wurzeln durch Mecklenburg-Vorpommern reiste. Seine Recherche hatte ihn nach Bad Doberan geführt, wo ihm jemand erzählt hatte, dass seine Vorfahren aus dieser Region stammen könnten.

Eines Nachmittags betrat er das berühmte Münster von Bad Doberan, angezogen von der Ruhe und der Schönheit des gotischen Baus. Die hohen Säulen und farbenfrohen Fenster schienen Geschichten aus einer anderen Zeit zu erzählen. Leo setzte sich auf eine Bank, ließ seinen Blick schweifen und genoss die Stille, die nur gelegentlich von den leisen Schritten anderer Besucher unterbrochen wurde.

Plötzlich bemerkte er eine Gestalt, die vor einem der Altäre stand. Es war ein älterer Mann in einem schlichten grauen Mantel. Sein Gesicht wirkte würdevoll, aber irgendwie auch vertraut. Der Mann drehte sich um, und seine Augen schienen Leo direkt anzusehen.

„Suchst du nach Antworten?" fragte die Gestalt mit einer sanften, tiefen Stimme.

Leo war verblüfft. „Entschuldigung, kennen wir uns?"

Der Mann lächelte. „Nicht direkt, aber ich kenne dich, Leo. Du bist ein Teil von mir – wie ich ein Teil von dir bin."

Verwirrt stand Leo auf und näherte sich dem Mann. „Was meinen Sie damit?"

„Ich bin Heinrich," sagte der Mann. „Vor vielen, vielen Jahren habe ich in dieser Gegend gelebt. Du trägst mein Blut in deinen Adern. Ich bin dein Ur-Ur-Ur-Großvater."

Leo spürte, wie sich ein Kloß in seinem Hals bildete. Die Worte des Mannes – oder besser gesagt der Seele – klangen zwar beruhigend, aber sie waren so unglaublich, dass sein Verstand sich weigerte, sie zu akzeptieren.

„Ich weiß nicht, ob ich das glauben kann," sagte Leo schließlich, die Stimme zögernd. „Wie soll ich sicher sein, dass Sie wirklich ...

mein Vorfahre sind? Das könnte alles nur eine Einbildung sein."

Heinrich nickte verständnisvoll, als hätte er genau mit dieser Reaktion gerechnet. „Das ist eine berechtigte Frage, Leo. Du bist ein kluger Mann, und kluge Menschen zweifeln. Aber ich kann dir einen Beweis geben – etwas, das nur du finden kannst."

„Was denn?" fragte Leo skeptisch.

Heinrich lächelte leicht. „In der Krypta des Münsters, an der östlichen Wand, gibt es einen Stein, der sich leicht von den anderen unterscheidet. Wenn du ihn suchst, wirst du eine Inschrift finden, die ich hinterlassen habe, bevor ich diese Welt verlassen habe. Darin steht etwas, das nur ein Mitglied meiner Familie verstehen wird."

„Eine Inschrift?" fragte Leo. „Und was steht darauf?"

„Das wirst du selbst sehen müssen," sagte Heinrich. „Ich werde dir nicht alles vorwegnehmen. Aber ich verspreche dir, dass es dich nicht enttäuschen wird."

Leo runzelte die Stirn, unsicher, ob er dem Mann trauen sollte. Doch etwas in Heinrichs ruhiger, bestimmter Art ließ ihn sich zumindest überlegen, nachzusehen.

„Gut," sagte Leo schließlich. „Ich werde suchen. Aber wenn ich nichts finde ..."

„... dann darfst du an allem zweifeln," beendete Heinrich den Satz für ihn. „Aber ich weiß, dass du es finden wirst."

Mit diesen Worten begann die Gestalt von Heinrich erneut zu verblassen, doch diesmal langsamer. „Viel Glück, Leo. Und denk daran – die Antworten, die du suchst, sind immer näher, als du glaubst."

Mit klopfendem Herzen machte sich Leo auf den Weg zur Krypta. Es war ein düsterer, stiller Raum, erfüllt von einem Hauch von Geschichte und Zeit. Die östliche Wand war mit glatten Steinen bedeckt, die in präzisen Reihen angeordnet waren.

Leo begann, die Wand zu untersuchen, suchte nach irgendeinem Hinweis, einem Unterschied, wie Heinrich es beschrieben hatte. Zuerst schien nichts besonders zu sein, doch nach einigen Minuten bemerkte er einen Stein, der etwas heller und glatter war als die anderen.

Seine Finger fuhren vorsichtig über die Oberfläche, bis er eine gravierte Inschrift spürte. Mit zusammengekniffenen Augen las er die Worte, die in altertümlichem Deutsch eingraviert waren:

„Vollmer – Das Blut verbindet uns, und die Wahrheit leuchtet im Herzen."

Leo stockte. Der Name „Vollmer" – sein Familienname – war unverkennbar. Und die Bedeutung der Worte war eindeutig. Es war eine Botschaft, die nur für ihn bestimmt war, ein Echo der Vergangenheit, das sich jetzt mit seiner Gegenwart verband.

Sein Herz schlug schneller. Es gab keine Möglichkeit, dass jemand das dort absichtlich für ihn platziert haben konnte. Die Gravur war alt, der Stein verwittert – und doch war die Botschaft klar.

Als Leo die Krypta verließ, fühlte er sich verändert. Die Zweifel, die ihn zuvor geplagt hatten, waren verschwunden, ersetzt durch eine tiefe, unerklärliche Gewissheit. Heinrich hatte die Wahrheit gesagt.

Im Licht des Tages vor dem Münster hielt Leo inne und sah zum Himmel. „Danke, Heinrich," flüsterte er.

Und für einen Moment, ganz kurz, fühlte er, wie eine sanfte Brise sein Gesicht streifte, als wäre es ein stiller Gruß aus einer anderen Welt.

Nachwort

Liebe Leserinnen und Leser,

die Geschichten in diesem Band entstanden aus der tiefen Neugier auf die großen Fragen des Lebens: Was passiert mit uns, wenn wir diese Welt verlassen? Wohin geht die Seele – oder gibt es sie überhaupt? In Gesprächen mit Freundinnen und Freunden sowie in stillen Momenten der Reflexion tauchten immer wieder diese Gedanken auf, die schließlich in den hier erzählten Geschichten ihren Ausdruck fanden.

Jede dieser Geschichten ist eine Einladung, die Grenzen des Vertrauten zu überschreiten und sich von Fantasie und Gefühl tragen zu lassen. Sie sollen inspirieren, nachdenklich machen und vielleicht auch die ein oder andere Antwort erahnen lassen – oder neue Fragen aufwerfen. Denn genau darin liegt der Zauber der Literatur: Uns für Möglichkeiten zu öffnen, die wir im Alltag oft übersehen.

Es ist mein Wunsch, dass dieser Erzählband dir, lieber Leser, nicht nur unterhaltsame, sondern auch berührende und bedeutsame Momente schenkt. Vielleicht hat die ein oder andere Geschichte dir ein Lächeln ins Gesicht gezaubert oder dich dazu gebracht, kurz innezuhalten und nachzudenken.

Ich danke dir, dass du dich auf diese Reise eingelassen hast. Und falls du irgendwann einmal über deine eigenen Antworten auf die großen Fragen nachdenkst, hoffe ich, dass diese Geschichten ein kleiner Begleiter dabei sein können.

Mit den besten Wünschen,
Norbert Kürlis